聖教ワイド文庫――007

池田大作

対談

人間革命と人間の条件

アンドレ・マルロー

聖教新聞社

実践者《じっせんしゃ》の対話

桑原武夫

これは二人の大実践者の対話である。

毛沢東《もうたくとう》は、実践というなかに革命《かくめい》、生産とともに学問研究も数えているが、ここでいう実践はふつうの意味である。思索《しさく》、研究を排除《はいじょ》するものではないが（精神を排除した肉体だけの行動などというものは、人間にはありえない）、密室《みっしつ》での冥想《めいそう》、あるいは研究室における学的追究とは区別され、外化され、人々にひろく影響《えいきょう》を与えうるものとしての行動、社会的実践とも呼ぶべき人間の行動のことをいっているのである。

池田大作創価学会会長を実践者と呼ぶことに、おそらく何びとも異存《いぞん》はなかろう。仏法による価値《かち》創造《そうぞう》を使命とする学会の中枢《ちゅうすう》にある人として、日夜精神の鍛錬《たんれん》につとめているであろうことはいうまでもないが、ここでは池田はもっぱら実践者の姿《すがた》であらわれる。平和精神の普及《ふきゅう》と、それによる人類の地球的結合とを説いて全世界に行脚《あんぎゃ》をつづける大実践者《だいじっせんしゃ》なのである。「私自身も、決していわゆる宗教家などではありません。一個の社会人です」といった驚《おどろ》くべく大胆《だいたん》な発言を引用するだけでじゅうぶんであろう。

フランスの文化使節《しせつ》アンドレ・マルローを実践者と呼ぶことには、いささかの抵抗《ていこう》があるかもしれない。たしかに彼は、第一次大戦以後のフランスいなヨーロッパを代表する大小説家、知的、感覚的に最高の美学者《びがくしゃ》だが、同時に、カンボジアの密林《みつりん》に秘宝《ひほう》をさぐり、中国、スペインなどで革命《かくめい》運動を助け、レジスタンス行動の指揮《しき》をとり、ド・ゴールの代理として毛沢東《もうたくとう》と折衝《せっしょう》した人、まさに大実践者と呼ばるべき人物なのである。

池田会長はもちろん相手の知的、学的達成をよく知ってはいるのだが、この対話においてはもっぱらマルローのうちに実践者を認《みと》め、やはり実践者である自分との会見に成果を期待するのである。マルローのほうも、「今回、いちばんお会いしたいと思っていたのが、池田会長でした」と言うのは、単なるエチケットでは決してない。

この大知識人が「ぜひ教えていただきたいことがあります」と言うのは、『法華経《ほけきよう》』の教理と平和精神との思想的関係といったことではなく、関心のあるのは一千万の会員を擁《よう》する「力ある組織」としての創価学会を率《ひき》いて号令し、また国会の第三勢力たる公明党を創設《そうせつ》した大実践者《だいじつせんしゃ》池田大作その人、彼のもつ力の淵源《えんげん》、ならびに今後その力の発揮《はっき》されるべき方向なのである（政治権力《けんりょく》によって教団が骨抜《ほねぬ》きにされてしまった日本とは異《こと》なり、宗教が政治権力と拮抗《きっこう》しうる力をもった西欧《せいおう》の知識人は、創価学会にたいして、日本の知識人とは比較《ひかく》にならぬほど強い興味《きょうみ》をもっている。トインビーもその一人である）。

この二人の人物はいわば二つの大きな氷山である。その海面上にあらわれた実践者としての一角におけるひらめき合いという形で、この対話はおこなわれている。海面下には氷山の全体積の七分の六という深い思索《しさく》と豊かな経験がひそんでいるのだけれども、この対話は、知的、学的追究ではない。対話のおもしろさは実践者の対話というところにあるが、また率直《そっちょく》にいえば、巨大《きょだい》な下部構造《かぶこうぞう》にさまたげられて、相互接近がじゅうぶんでないという物足りなさも感じられるわけである。

もしこれが知的追究を目的とする対話であったとするなら、たとえばマルローが日本と中国との最大の相違点《そういてん》として愛と死と音階とを挙《あ》げたさい、さらに詳《くわ》しく、とくに日中の音楽精神の相違は聞きただしたいところである。もし思想的探究の討論であったとするならば、釈尊《しゃくそん》は不可知論者《ふかちろんしゃ》だという大胆《だいたん》なテーゼは、素通りしてはならないものだと思われるだろう。しかし、池田会長がもっとも熱をこめて語るのは、平和の理念の世界民衆への普及《ふきゅう》であり、マルローが力をこめてすすめるのは、公害にたいする闘争《とうそう》を創価学会会長がイニシャティヴをとって即時《そくじ》世界的規模《きぼ》において開始せよということである。

二人の大実践者《だいじっせんしゃ》は、ともに人類の危機《きき》を回避《かいひ》するためには世界一体観が不可欠《ふかけつ》だと認《みと》める点において一致《いっち》している。ただ、それをもたらす契機《けいき》として、会長はプラス的に平和の理念を説くのにたいして、マルローはマイナス的に公害反対闘争の旗を掲《かか》げよと言う。これを性善説《せいぜんせつ》と性悪説《せいあくせつ》の相違と見ることもできよう。

ただ、「もし次期世界大戦が起こるとすれば、かならずやそれは太平洋圏内で起こるであろう」といった断定にたいしては、平和主義者はその理論的根拠《こんきょ》を問い詰《つ》めてほしかった。全般に、フランス人のパワー・ポリティックス的観点からのするどい指《し》摘《てき》は、日本人の文化的理想主義で包みこまれるのである。

いまは不可知論者《ふかちろんしゃ》と自称するマルローは、初期にはあらゆる伝統的価値《でんとうてきかち》を否定《ひてい》するニヒリストとして出発している。いまは道徳の必要を説き、日本こそ新しい人間形成の典型《てんけい》を打ち出しうる最後の国とまで期待を寄せる。しかし、その典型の基礎《きそ》を伝統的な武士道《ぶしどう》と禅《ぜん》の結合に求めるとき、彼が日本の大衆社会的現状をどこまで的確《てきかく》に把握《はあく》しているのか、いささか不安をおぼえる。彼は仏教精神の可能性を認《みと》めるが、その関心はもっぱらエリート的な禅にあって、創価学会のよって立つ日蓮や浄土《じょうど》といった民衆的新仏教は、あまり視野《しや》に入っていないのではなかろうか。そして好悪《こうお》をこえて、今日の日本社会に浸透《しんとう》しているのは新仏教ではなかろうか。

ここにエリート的と民衆的と二つの基本姿勢の相違《そうい》があり、これが対話全体を通して認められる。エリートは、啓蒙哲学《けいもうてつがく》は超越《ちょうえつ》されたとして個人的むしろ英雄的創意《えいゆうてきそうい》の必要を考えるであろうが、しかし、「世界人権宣言《じんけんせんげん》」「日本国憲法」などは、すべて人間の完成可能性を信ずる啓蒙哲学に基礎をおくものである。そして池田会長はそこに立ち、民衆を信頼《しんらい》して社会運動に挺身《ていしん》するのである。

大実践者《だいじつせんしや》の対話からは実践上の大きな結論が出るはずと性急《せいきゆう》な期待をもつべきではなかろう。ただ荒海《あらうみ》のなかで氷山の二つの先端《せんたん》がひらめき合っている。その閃光《せんこう》が読者の心にどのような灯《ひ》をともすか。それがやがて大きな炬火《きよか》として海を照らすか、それとも水しぶきに濡《ぬ》れて消えてしまうか。それは読者めいめいの思いめぐらすことである。

目次

I　仏法と実践

II　人類と平和

III　文学と行動

本対談のマルロー氏の言葉の訳ならびに解説は竹本忠雄氏による

一、本書は、著者の了解を得て、潮出版社発行（一九七六年八月）の単行本および聖教新聞社発行の『池田大作全集』第4巻に収められた「人間革命と人間の条件」を収録したものです。

一、難しいと思われる語句に（＊）を付し、巻末の「注解」で説明を加えました。

一、『新編・日蓮大聖人御書全集』（創価学会版）からの引用は（御書ページ）で示しました。

一、本文中の肩書、時節等については、原版のままにしました。

一、編集部注は（　）内の＝の後に記しました。

――編集部

I　仏法と実践

〝月の仏教〟と〝太陽の仏教〟

マルロー　さっそくですが、まず私からおうかがいしたいのは、創価学会の活動とは、どのようなものか、ということです。

池田　結論していえば、仏法を生活のうえ、現実の社会のうえに脈動《みゃくどう》させ、平和と文化の価値《かち》創造《そうぞう》のために、反映させていくということを目的にした活動といえるかと思います。

マルロー　そうしますと、たとえばこの画家の役割はどういうような?

池田　創価学会のなかに芸術部という部があります。仏法の精神にもとづいて、芸術創造の分野を担《にな》う、芸術家の集団、グループです。美術大学の学生であるこの画家もその一人で、まだ若いがユニークなタイプの芸術家で、私も将来の大成を期待している一人です。

マルロー　創価学会という組織が、こういう芸術の分野にも関心をはらうというのは、具体的にはどういうことでしょうか？　ヨーロッパの場合ですと、宗教団体が特定の画家に経済的な援助《えんじょ》をあたえて、その宗教団体のための絵を描いてもらうというようなことをやっていますが……。

池田　日本でも過去には多くあったようですが、私たちは、まったくそうしたことを考えてはいませんし、むしろそうした行き方には批判的《ひはんてき》です。

大事なことは、仏法の理念と信仰の力をみずからの生命のなかに深化《しんか》させ、逞《たくま》しい自己の創造力《そうぞうりょく》の開花によって、その絵画《かいが》、芸術の向上に貢献《こうけん》していくということではないでしょうか。私自身も、決していわゆる宗教家などではありません。一個の社会人です。

仏法は、あくまで一人一人の人間の原点になるものです。創価学会は仏法を基調にして、それぞれの道を切り開きゆく社会人の集団といってよいでしょう。中世の宗教のように、芸術作品を一宗一派《いっしゅういっぱ》の宣伝のために利用するような偏狭《へんきょう》な考えは毛頭《もうとう》もっていません。すぐれた芸術の創造は、人類全体の遺産《いさん》ですから……。そのためにすぐれた芸術家が育っていくことを念願し、それを目的としています。

マルロー　なるほど、よく分かります。しかしたとえば、かりに若い映画監督がいたとして、その創造的《そうぞうてき》な活動が創価学会のために、なんらかの役割を果《は》たすことができると、お考えですか？

池田　それはできるでしょうね。しかし、映像的な宣伝のみでは、信仰の世界は皮《ひ》相的《そうてき》なものになり、深い永続性《えいぞくせい》ある救済はできない。ですから、そうした映像的な媒《ばい》体《たい》によって仏法を宣伝する意図《いと》を私どもはもっていませんし、あまり重要視してもいません。

要するに映画監督であれば、映画芸術という領域《りょういき》において、最高の創造力を発揮《はっき》し、その分野にすぐれた金字塔《きんじとう》を築《きず》くことが、むしろ大切であると考えています。

マルロー　ヨーロッパにも、映画監督はたくさんおりますが、その半分ぐらいは、ひじょうに左翼的《さよくてき》な思想をもっている人々といえます。そうすると、ある程度、社会主義運動や、あるいは共産主義的な運動のPRにつながるような内容の映画をつくることになります。

日本の映画監督のなかにも、仏教に関心をもち、または傾倒《けいとう》している人もいると思います。そうした思想的立場の監督が、多少、創価学会のためになるような内容をもった映画をつくるということも、ありうるのではないでしょうか？

池田　その可能性はあります。しかし、それは個人の自由意思の問題です。創価学会は、また私は、決して教団や自分の宣伝・拡張《かくちょう》のために利用するつもりはありません。またその仏法に力があれば利用する必要もないでしょう。

マルロー　たとえば、創価学会のメンバーやあるいは創価学会に共鳴《きょうめい》している監督がいて、べつにだれかから強制《きょうせい》されるというのではなく、自発的に、なにかひじょうに精神的な内容の、つまり高度な映画をつくるようになることはあるでしょうね？

池田　それはありますね。

昨年、私が書きつづけている小説『人間革命《かくめい》』を、日本のすぐれた脚本家《きゃくほんか》、監督が映画化しました。数百万人が観《み》ているそうです。だが、私は原作者として映画化を承《しょう》諾《だく》しただけで、あとはいっさいおまかせしました。結果的には、宣伝したといわれるかもしれませんが……。（笑い）

マルロー　たとえば、日本の代表的な芸術作品のなかには、かなり禅《ぜん》をはじめ仏教に影響《えいきょう》されている面がある……。

池田　日本の芸術には、たしかに仏教の深い影響が認《みと》められます。しかし、恒久《こうきゅう》的《てき》な芸術的創造《そうぞう》の源泉《げんせん》になっていくためには、仏法哲学《てつがく》の真髄《しんずい》が、その裏づけとして存在しなければならないのです。

マルロー　そういう仏教的な哲学、思想に感銘《かんめい》をうけた人が、たとえば芸術作品をつくったら、その芸術作品のなかに、たとえば禅的《ぜんてき》な、あるいは仏教的な内容のものが盛りこまれるということですね。

池田　そうともいえますが、むしろ信仰による触発《しょくはつ》と、哲学の肉化《にくか》が、芸術創造の本質だと思います。

そのいままでつくられた芸術というものは別として、仏教にも〝月の仏教〟と〝太陽の仏教〟があります。それは「過去の仏教」と「未来の仏教」ともいっていいでしょう。禅は〝月の仏教〟に入っている。日蓮大聖人の仏法は〝太陽の仏教〟です。したがって、そこから生まれてくる文化の評価《ひょうか》もまた未来を展望《てんぼう》したときにおのずから異《こと》なったものになるわけです。

宗教と政治の関係について

マルロー　〝太陽の仏教〟というのは、〝日蓮の仏法〟ということですね？

池田　そうです。

現在、急速な進歩をとげた技術文明のメカニズムの社会において、希望に燃《も》え、未来に生き、逞《たくま》しく未来を創造《そうぞう》しゆく若き青年たちが、確信をもって信仰を実践《じっせん》し、日常の活動をとおして、それぞれの社会に貢献《こうけん》しています。その帰趨《きすう》するところ、かならずや新しい文化が蘇生《そせい》するでありましょう。

マルロー　創価学会のメンバーはどのような活動をされているのですか？

池田　文化の専門分野などにおいては、芸術・学術・教育・文学・医学、そして政治・経済等あらゆる領域《りょういき》にわたっています。

マルロー　政治のほうは？

池田　自然の流れとして公明党といえます。ただし、純粋《じゅんすい》な信仰が政治の手段にされてもならないし、また宗教が政治の複雑性《ふくざつせい》に巻きこまれて濁《にご》ることも仏法者として責任がありますので、現在では機構上《きこうじょう》、明確に分離《ぶんり》しております。しかし、支持・支援することは主権在民《しゅけんざいみん》のなかに生きぬく憲法の精神のうえから自由ですから、当然いたします。

マルロー　ぜひ教えていただきたいことがあります。それは、ある一つの宗教団体が、どのようにして国会という政治の場に結びつけられていくのか、ということです。

池田　仏法の信仰・実践《じっせん》といっても、私たち仏法者は日本列島に住む社会人であるわけです。したがって、社会人としての義務《ぎむ》と権利《けんり》のうえからも、政治が大衆の福祉《ふくし》と平和の実現のために運用され、志向《しこう》していくように、監視《かんし》していくのは、その国の国民としての当然のことではないかと思うのです。

つまり、仏法における慈悲《じひ》の精神、寛容《かんよう》の精神に根ざした人間解放の使命、社会への貢献《こうけん》を心がけている有能な人材が政治の場に進んで活動していく。そうした活動を、われわれも応援するわけです。

マルロー　公明党と共産党の関係はどうですか？

池田　政策には似《に》かよったところがありますね。ともに大衆の側《がわ》に立っていますから……。

しかし、その思想的基盤《きばん》としては、共産党はやはり、共産主義の思想であり、公明党はあくまでも中道主義―人間主義であって、平和革命《かくめい》をめざしています。

ただ、大衆の側に立って、大衆の要望をどのように担《にな》っていくかということについては、ある程度の共通性はあります。

マルロー　たとえば共産主義者の場合、生産の手段を全部国家がにぎるようなことを考えているわけですが、公明党の場合も、やはり同じような考えですか？

池田　そうではありません。国民の利益のために基幹《きかん》産業のうち国家に移すべきものもなかにはあるでしょう。しかし、基本的には混合《こんごう》経済をとっていきます。むしろ権力《けんりょく》にたいする考え方としては、それを独占的《どくせんてき》に集中するのではなく、つねに国民、民衆、民間の人々が、権力を見守り、監視《かんし》する輪のなかに権力自体を位置づけるということです。

自由・平等・博愛《はくあい》と日本の伝統《でんとう》文化

池田　さて、きょうはこの初対面の機会《きかい》に、マルロー先生と、現代人が直面する課《か》題《だい》について話しあいができることを、ほんとうにうれしく思います。ぜひとも日本全体、さらに世界の人たちのためにお話をうけたまわりたい。

最初に、あなたは一九三一年から、しばしば日本を訪《おとず》れておられますが、第二次世界大戦前の日本と戦後の今日の日本と、どこが変わり、どの点が変わらないと思われますか？　またもし、日本について嫌《きら》いな点がありましたら、それはどんなことですか？　フランスについてはどうでしょうか？

マルロー　私の日本との結びつきは、とくに芸術面にかぎられております。したがって比《ひ》較《かく》は、あくまでも芸術的領域《りょういき》での比較になります。戦前と戦後の大きな違いについては、いわゆる日本の最近の近代化（現代化《モデルニザシオン》）という面が、もっとも私の関心をひく点です。

日本について嫌《きら》いな点は、これといってありません。というのは、日本にくれば、かならず人々の友情にしか出会わないのですから、どうして嫌いになることがありましょう。非難《ひなん》すべき点はなにも思いあたりません。

日本について果《は》たして変わった面があるかということですが、驚異的《きょういてき》に変化したものは雰囲気《ふんいき》（外的環境《かんきょう》）であって、日本人の精神そのものは、まったく変わっていないと思います。九十年前から、日本のことを語る人々はつねに雰囲気を語っていますが、私に興味《きょうみ》があるのは雰囲気ではなく、日本人の気質《きしつ》のほうです。それが深く変わったとは思いませんし、これからも古い精神を受けついでいくことでしょう。とくに禅《ぜん》と武士道《ぶしどう》を立派《りっぱ》に融合《ゆうごう》しうる唯一《ゆいいつ》の民族と感じております。

今日、ヨーロッパは日本をもっとよく知る好機《こうき》にあると申せましょう。それにしてもヨーロッパの人々に日本人と中国人の違いをはっきり説明することが肝要《かんよう》です。日本は中国ではなく、つぎの三つの点で、絶対的に、本質的に異《こと》なっているのですから。すなわち、愛と、死と、音階とにおいて。

池田　一般に日本人には、つねに人間関係というものを上下の、タテの系列《けいれつ》でとらえる根強い思考《しこう》があるといわれています。それは日常の礼儀作法《れいぎさほう》や言葉づかいにまで現《あらわ》れているほど根深いものです。

そうした関係のなかで、上に位置づけられた人間の横暴《おうぼう》と、下に位置づけられた人間の卑屈《ひくつ》とを生みだしてきたように思われます。私の考えでは、この思考法が、日本の伝統《でんとう》文化の特徴《とくちょう》である謙虚《けんきょ》さを生みだしたとともに、反面、日本をファシズムに導《みちび》いた一つの有力な原因にもなったように思えます。

フランスでは、大革命《だいかくめい》以後、人間をタテの系列《けいれつ》でとらえる考え方は、基本的人権《きほんてきじんけん》の原理の確立《かくりつ》によって、打ち破られてきたわけですが、日本におけるこうした思考法の変革《へんかく》は、どのようにして可能になると思われますか?

マルロー　タテの関係とヨコの関係とがあるわけですね。ヨコの関係とはどういう意味ですか?

池田　つまり、すべての人間が平等の人権をもっており、個々人《ここじん》のあいだの差別は社会における役割の違いであるという考え方に立っているような人間関係、平等観に立っての、いわば水平的関係ということです。

マルロー　まず、*人権宣言《じんけんせんげん》にたいするマルクス主義の批判《ひはん》をご存じのことと思います。どんなマルクス主義者でも、*フランス革命《かくめい》が宣言した人間の権利《けんり》などというものは、プロレタリアートを支配するためのブルジョア階級の仮面《かめん》にすぎないということでしょう。

私はマルクス主義者ではありませんが、しかしこの自由・平等・博愛《はくあい》という有名な名句《めいく》について考えますと、第一に《平等》とは法に属《ぞく》する問題であって、法律的見地から水平面の関係をみるかぎり、この概念《がいねん》の意味はまったく明らかと思われるのです。

しかし、ご留意《りゅうい》いただきたいことは、フランス大革命当時にあっては、《博愛》の概念のほうはまだなかったということです。

自由・平等・博愛は、かならずしも同時ではない。博愛の概念は、のちになって育ったものです。革命より二年後につけくわえられた概念なのですから。たとえば、ナポレオンの軍隊は革命後に活躍《かつやく》しましたけれども、イタリアではボナパルトの旗にはまだ博愛ということばを載《の》せていなかったのです。

私の考えでは、博愛《はくあい》とは絶対に法的な概念《がいねん》ではなく、極度《きょくど》に深く非合理的《ひごうりてき》であり、ほとんど宗教的概念といっていい。すべての博愛は水平的であり、タテ関係の博愛といったものはありません。博愛とは社会的平等を含《ふく》むとはかぎらないもので、博愛自体はこのタテ関係を超《こ》えております。

人間の尊厳《そんげん》とデモクラシー

池田　よく分かります。

ところで、あなたは一九六五年に、ド・ゴール*大統領の特使として中国を訪問され、毛沢東《もうたくとう》主席に会われたとうかがっています。このことは有名ですけれども、毛主席についてのご印象《いんしょう》はいかがでしたか。

マルロー　たしかに一九六五年に訪問しました。毛主席に会った第一印象は、あたかも歴代皇帝《こうてい》の堂々たる像《ぞう》の一つを眼《ま》のあたりにしたという感じでした。

当時、毛主席の肚《はら》は、いわゆる毛沢東思想を世界じゅうにひろめることにあると、あらゆる国で取りざたされていたようですが、そういうことは絶対になくて、毛主席《もう》の念頭《ねんとう》にあったことは、あくまで中国人の生活水準《すいじゅん》を向上させるということにほかなりませんでした。

ところで、この対話のあり方についてですが、池田会長は日本人としてはひじょうにまっすぐにものを言う方と思っております。私自身もそうした人間ですので、はっきり、率直《そっちょく》に話を進めさせていただきたいと思います。日本人は礼譲《れいじょう》の国民でありますが、この場合、そうしたあり方は願いさげにしていただいてけっこうです。これまで、日本政府の要人といろいろ会ってきておりますが、儀礼的《ぎれいてき》なふれあいばかりで、率直さが皆無《かいむ》でした。

池田　そうですか。

ところで、今日の資本主義陣営《じんえい》においても、社会主義陣営においても、社会の組織化があらゆる場面にわたって進行し、複雑化《ふくざつか》し、人間個々の部品化、管理化が強まっています。これは現代において、人間の尊厳《そんげん》にたいするもっとも大きな脅威《きょうい》であると、私は考えます。このような状況《じょうきょう》から人間を救いだすためには、なにをしなければばならないと考えられますか？

マルロー これについてお答えすると長くなりますが……。

池田 簡潔《かんけつ》でけっこうです。

マルロー いかにも簡潔ということは肝要《かんよう》。しかし、この簡潔ということが、曰《いわ》く行《おこな》いがたしといったところで……。（笑い）

科学の工業適用が人間の個性破壊《こせいはかい》に通ずるということは、なるほど事実といえましょうが、それはデモクラシーについてもいえることです。ここでは、このデモクラシーの問題のほうについてご返事させていただきたい。デモクラシーは、科学との関係において、私どもの二十世紀文明においてまったく新しい批判的側面《ひはんてきそくめん》を呈《てい》するに至《いた》ったということです。

それというのも、そもそもデモクラシーとは、一方においてイデオロギーであるとともに、他方、一個の技術でもあるからにほかなりません。デモクラシーはフランス、アメリカで初めて誕生《たんじょう》したときには、国民の総意を背景《はいけい》としておりました。つまり、デモクラシーにおいては、まず、国民の総意が理想であって、たとえば国民投票で八〇パーセントの国民の賛同が得られなければ総意ということにはならない。そしてその意味でいうかぎり、今日の英・米・仏いずれの国にあっても、デモクラシーは、技術としては瀕死《ひんし》の状態にあるといって過言《かごん》でないでしょう。まったく新しい技術にもとづいたデモクラシーが、つぎに誕生《たんじょう》してこなければなりますまい。

池田　私も、現実はそのとおりだと思います。そのためにもデモクラシーを蘇生《そせい》させる人間の尊厳《そんげん》についての新しい哲学《てつがく》が確立《かくりつ》されなければならないでしょう。

マルロー　デモクラシーの技術的適用は、十九世紀このかた世界のどこでも、まったく進歩していない。これは信じられないことです。

池田　そう思います。かつて対談したクーデンホーフ＝カレルギー伯《はく》もそういっていました。

マルロー　おっしゃるところの「人間の尊厳」について、かつて私は小説中にこう書いたことがあります。ある農民の革命家《かくめいか》が、ファシストの手で拷問《ごうもん》されながら、「人間的尊厳とはなにか」と相手から訊《き》かれ、こう答えるのです。「そんなこと、知るものか！　わかっているのは、屈辱《くつじょく》とはなにか、このことだけだ！」と……。

池田　ひじょうに興味深《きょうみぶか》いお話です。

日本と中国をどう位置づけるか

池田　先ほどの話にもどりますが、結局、他から屈辱《くつじょく》とか抑圧《よくあつ》を加えられたときには、人間はおのずから尊厳《そんげん》について意識し、それを守りたいと思うものです。それは当然のことです。ところで、人間の尊厳にたいし、みずからの内より起こってくる屈辱ないし抑圧があります。その最大のものが死です。マルローさんが人間について深く考察《こうさつ》されていることはよく知っておりますが、だれでも避《さ》けることのできない死という問題について、どうお考えでしょうか。

マルロー　できれば、このご質問は、対談の最後のほうでお答えさせていただきたいと思います。比較的容易《ひかくてきようい》な質問からお答えしたい……。

池田　では、現代の国際関係において、日本と中国をどのように位置づけられますか？　また、将来、両国はいかなる役割を果《は》たしうるとお考えになりますか？

マルロー　だれもかれもが中国に走っていますが、その結婚契約のための《公証人《こうしょうにん》》はモスクワにあり、といったところです。つまり、中国詣《もう》での国々と中国との結婚の証人役として……。

アメリカにおいても、なるほど日本が重要な問題のカギをにぎっているとは思われていますけれども、私の考えは、もっと、突《つ》っこんだものなのです。すなわち、現代世界にあって、日本は、恐《おそ》ろしいほど大きな問題提起《ていき》をなしうる国であるということです。

池田　……と言いますと？

マルロー　もし次期世界大戦が起こるとすれば、かならずやそれは太平洋圏内で起こるであろう……。

池田　うむ……。アメリカとソビエト（＝現ロシア）は、ともに多民族から構成《こうせい》された超《ちょう》大国です。これまではたがいを敵対国《てきたいこく》としてしのぎを削《けず》りあうために、内部にかかえた矛盾《むじゅん》は露呈《ろてい》しなかったのですが、外からの危機感《ききかん》がうすれるとともに、今後ますます内からの問題が深刻化《しんこくか》してくると私は考えます。これら超大国の将来を考えるとき、一つは内部の危機《きき》を避《さ》けるために、外部に敵《てき》をつくるか、あるいは内部の矛《む》盾《じゅん》を抑《おさ》えるために、権力《けんりょく》を強大化するか、または矛盾の増大《ぞうだい》によって政治的統一《とういつ》を失うか――この三つが想定されると思います。マルローさんは、米ソ超《ちょう》大国はこれらのいずれの方向に進むと思われますか？ または、もっと別の観点が考えられるでしょうか？ この点について……。

マルロー 外部に敵をつくるとは、具体的にどういうことですか？

池田 たとえば、アメリカはソ連に、ソ連は中国に、ということです。

マルロー そういう意味でなら、これら大国のいずれか一国からしか敵をつくりえないことになりましょう。ドイツが敵にまわるということは絶対ありえないでしょうから。

池田 ソ連にとっては中ソ国境の問題がある。それから、こんどは、アメリカとソ連との関係も、まだまだ緊張感《きんちょうかん》がとけたとはいいきれない。

マルロー 大きな焦点《しょうてん》はあくまで中国であるといえましょう。アメリカに関しては内紛《ないふん》のあることは事実ですが、現在のソ連内部のほうはそれほどの紛争《ふんそう》はありません。将来、ソ連の内部で起こりうる深刻《しんこく》な問題は、国内問題、たとえば人事更迭《こうてつ》の問題で、これがひじょうに大問題となるということは考えられるが、対外的に深刻な策《さく》に打って出るということは考えられません。

中国に話をもどせば、目下《もっか》（その攻撃性《こうげきせい》が）いろいろと流言《りゅうげん》されているものの、いちいちそれをまともにとることはありません。そして米・中・ソの三国が三つ巴《どもえ》になって、なにか新たな紛争《ふんそう》を起こすというふうに考えることは、現在のところ、ジュール・ヴェルヌ*のSFなみの発想といったところでしょう……。

核《かく》の脅威《きょうい》を絶滅《ぜつめつ》する方法は？

池田 ともかく戦争は根絶《こんぜつ》しなければならない。これは原爆《げんばく》による悲惨《ひさん》な体験をもっている私ども日本人はもちろん、第二次世界大戦の勝者の側《がわ》の国民も等しく痛感《つうかん》してやまない根本感情であり、意志であると思います。その反面、私たちのような戦中派とは違って、戦争体験をまったく知らない世代、平和から見はなされた人間の

〝自我の危機《きき》〟というものを味わったことのない戦後派世代が、わが国でも総人口の三分の一を占《し》めるに至《いた》っています。

あなたは、スペイン内乱と第二次大戦と、二度にわたって貴重《きちょう》な戦争体験をお持ちとうけたまわっておりますけれども、こうした戦後派世代のためにも、そして私ども戦中派世代のためにも、その貴重な体験的教訓《きょうくん》をうかがいたいと思います。

マルロー 私が申し上げたいのは、日本の若者たちにたいしてというよりは、会長ご自身にたいしてです。もし、ご意見があれば、あとでうかがいたいと思います。

原爆《げんばく》戦争の危機は、まったく空想の危機と、まず申さねばなりません。米ソ間に、ご存じのように首脳間《しゅのうかん》〝直通電話《ホットライン》〟が現実にできていますが、そもそもこれができたきっかけは、トルーマンとスターリンの時代に両国物理学者が調査した結果、当時、米ソがそれぞれ持っていた十個以上の強力な原爆のうち、十個以上を爆発《ばくはつ》させたら、核連鎖反応《かくれんさはんのう》で地球がほとんど破壊《はかい》されてしまうのではないか、ということがわかったからなのです。

したがって、いわゆる《原爆戦争》は、絶対に起こりえないということなのです。

います。

この点について、もしなにかご質問があれば、喜んでお答えいたします。

池田　いまのお話に含《ふく》まれますけれども、いちおう、念のためにうかがいたいと思います。

先ほどの、次の世界大戦が起こるとすれば、太平洋圏内という話にも関連しますが、現在、世界をおおう戦争の危機《きき》をなくすために、いますぐ実行に移さなければならないことはなにか？　また、戦争の脅威《きょうい》をなくすために恒久的《こうきゅうてき》になさねばならないことはなにか？　それが重要な関心事です。

われわれ日本人は、フランスといえば文化の国というイメージが反射的《はんしゃてき》に浮かんできます。それほど、フランスは文化を重んじ、文化によって世界をリードしてきた国として、尊敬と憧《あこが》れをいだいているわけです。

しかし、そうした日本人のフランスにたいする敬意《けいい》にたいして、少なからず傷《きず》をつけているのが、核《かく》実験のたび重《かさ》なる強行《きょうこう》です。日本人は核兵器によって、長崎と広島の市民、数十万人が殺された。また、アメリカの核実験による放射能《ほうしゃのう》を含んだ死の灰《はい》で、犠牲者《ぎせいしゃ》を出した暗い想い出をもっている。

これは政治以前の問題であり、人間の生存《せいぞん》への脅威《きょうい》です。生存の権利《けんり》を最優先《さいゆうせん》するという立場から、私はフランスの知性と良心を代表するマルロー先生に、この席で、フランスが実験中止に向かって努力されるべきではないかということを申し上げておきたい。

マルロー それについてはご返事を避《さ》けたいと思います。

池田 お立場があると思います。

マルロー 唯一《ゆいいつ》の原爆戦《げんばくせん》を避ける方法、核《かく》競争を避ける方法は、やはり監視《かんし》であろうと思います。

池田 だれが監視しますか？

マルロー 原爆実験の停止《ていし》はなんの重要性もありません。なぜならソ連は地球を破《は》壊《かい》するにじゅうぶんな原爆の十一倍もの原爆を持っているからです。ですから、原爆実験の停止をするだけではなく、ストックをなくさなければなりません。しかし、ソ連は、決してそうはしますまい。いっぽう、米国も、決して自分たちのストックを取りさりはしないでしょう。なぜならソ連がストックを撤去《てっきょ》するということは確かでは

池田　では、三十年以降には起こる可能性があるといわれるのですか？

マルロー　その点、よくご了解願《りょうかいねが》いたいのですが、三十年以内には起こらないだろうと申し上げたのは、それから後についてはわからない、ということです。

私としては三十年までは予測《よそく》することができる。はっきりと、起こらないといえる。その後についてはわからないということであって、その後に起こるというふうに申し上げることもできないわけで、それはちょうど、いま日本に、毎年二百万人の新生児《しんせいじ》があるからといって、いまから二十年、三十年後も同じリズムで生まれるとはいえないことと同様です。しばらくそういうカーブはつづくだろうけれども、ということです。

池田　おっしゃる意味はわかります。

人類の災厄《さいやく》との闘争《とうそう》で生まれるもの

マルロー　したがって、いままでのところ否定的《ひていてき》な議論をしたわけですが、積極《せっきょく》的《てき》な議論に移りましょう。

幾多《いくた》の民族のうえにのしかかっている脅威《きょうい》は、中国でもその他の大国の脅威でもなく、《汚染《おせん》》というタイプの脅威です。汚染には七つの大きなタイプがありますが、ここで私は、ある提案《ていあん》をいたしたいと思います。平和のためにできる、いちばん大きな行為《こうい》として、池田会長のひじょうに有力な組織が、この七種類の汚染の、たとえ一つだけとでも闘《たたか》うということです。

そしてつぎは、アメリカへ呼びかけることです。アメリカとしてはこれを受けて立つでしょう。さらにアメリカからソ連に協力を呼びかける。日本から呼びかけてもかまいませんが。ソ連も受けて立つでしょう。

なにしろ、アメリカを相手に戦えというのではなく、汚染を相手に戦えというのですから、これを拒否《きょひ》したらソ連としてもアメリカとしても世界的にひじょうに分《ぶ》が悪い立場になるでしょう。こうして、歴史上かつてない、世界的スケールにおける人類の災厄《さいやく》との闘争《とうそう》といった志向《しこう》が生ずることになります。いいかえれば、はじめて世界が具体的に一つになる基盤《きばん》というものができあがるでしょう。

つまり、共同の敵《てき》を持たずして人間は一つになりにくいものなのですから。一個の国ではなく災害《さいがい》にたいする闘《たたか》いを挑《いど》むことによって、世界統一《とういつ》をおこなう可能性が出てくるということです。

池田 たいへん達観《たつかん》したご提案《ていあん》ですね。私も、そのことについて徐々《じょじょ》に実践《じっせん》・実行するつもりです。日本においても、現実に被害《ひがい》を受けている人々とともに、もっとも真剣《しんけん》に公害に挑戦《ちょうせん》しているのは創価学会であり、公明党であると確信したい、と同時にそれを期待してもいます。世界的スケールにおいても真剣に考えてみたい。

ともかく、いままでに三十五カ国、これから行きます中国とソ連を入れますと三十七カ国を私は訪《おとず》れ、汚《お》染《せん》の問題を含《ふく》め、平和への努力をつづけております。

そしてまた一九七二年と七三年、トインビー＊博士と合計約十日間にわたって意見を交換《こうかん》することができました。また、ルネ・デュボス＊博士をはじめ、多くの世界的な知識人、文化人の方々とも公害にたいする挑戦についての話しあいをすすめ、その本質を論じあっています。その意味でも、とくにきょうあなたとお会いできたことは重要です。それらを全部蓄積《ちくせき》しながら思索《しさく》もし、実践もしたいのです。とくにいまのご提《てい》案《あん》にたいしては取りくんでいくべき示唆《しさ》を強く受けました。

いま、私たちの文化的運動、ならびに公害にたいする運動、平和をめざす運動に連《れん》携《けい》をもっている国は約八十四カ国です。道は長いと思います……。妻が、アンドレ・マルロー先生よりも規模《きぼ》は小さいですけど世界を回っていますねと、今朝、言っておったくらいで……。(笑い)

世界食糧・資源銀行の創設《そうせつ》を提案

マルロー トインビー氏とのお話はどんなふうでしたか? その結論は?
池田 ひじょうに広範囲《こうはんい》にわたって、ありとあらゆる問題について率直《そっちょく》に意見を交《か》わしました。謙虚《けんきょ》に、また、ご自身のもっているものを、全部、後世にのこしてもらいたいといって語っていたのが印象的《いんしょうてき》でした。
その対談をまとめたものが、今年の末か来年の初めに本になる予定です。(=文藝春秋から『二十一世紀への対話』上・下として一九七五年三月に刊行された。オックスフォード大学出版局から“*Choose Life*”（『生への選択《せんたく》』）として一九七六年に英訳版が発刊されたのをはじめ二〇〇二年八月現在、二十四言語で出版。『池田大作全集』第3巻に収録）

ただ、私は平凡《へいぼん》な人間でありますが、実践者《じっせんしゃ》であります。トインビー博士は博学《はくがく》で著名《ちょめい》な学者であられる。マルローさんの場合には、その意味において、あなたご自身が実践者でいらっしゃるので、この会見は私にとってたいへん価値《かち》あるものと思っております。

マルロー　トインビー博士はたいへん立派《りっぱ》な方とは思いますけれど、歴史家という意味では過去に関心がある人です。それとは違って池田会長の場合は、未来に働きかけておられる。

池田　トインビー博士とお別れするときに、私はまだ若いから、もし将来について教訓《きょうくん》があったら、注意があったら、ぜひ教えてください——こう申しました。

そのときの答えが「私は学者である。あなたはこれからの人だ。実践をつらぬいていってください。なにも教訓めいたことを申し上げることはない。どうかいまの仏法を根底とした世界平和のために、まっしぐらに進んでいってもらいたい」ということでした。

そして最後に「私の対談は終わった。したがって世界各国にいる私の友人を紹介する。ぜひ世界の平和のために、あなたが満足するために大いに対談してもらいたい」という紹介をいただきました。そのうちの一人、ルネ・デュボス博士にはすでにお会いしました。（＝一九七三年十一月、東京で）

私はまだ若い壮年《そうねん》として真剣《しんけん》に世界平和を考えるがゆえに、先生のような平和のための行動主義者とお話しすることにも大きい意義があると考えているのです。

マルロー　ド・ゴールの側近として私が多大の歴史的責任をもったということは事実です。

池田　よく存じております。

さて、今後、食糧問題、資源問題、それにともなう環境破壊《かんきょうはかい》を契機《けいき》に国際協調がますます必要になってくると思います。そうした時代の動向《どうこう》を、人類として、どのように受けとめていくべきか？　この点もおうかがいしておきたいと思います。

マルロー　それこそもっとも中心的課題《かだい》というべきですが、これについては世界じゅうの国々が、いま、嘘《うそ》をついているといったところです。

池田　なるほど。それでは、その嘘をあばくにはどうしたらよいのでしょうか。

マルロー　嘘をあばくというようなことは実際上しないでしょうけれども、しかし、こんにちただいまから始められる行動が考えられないわけではありません。重要な、なんらかの手段——表面的に明らかではないけれど、それだけより重要な手段を講《こう》ずるということはあってしかるべきでしょう。

池田　世界食糧銀行とか、世界資源銀行などをつくる案はどうでしょうか？ *

マルロー　私の印象《いんしょう》では、私たちすべてのあいだで一致《いっち》していない点は、そうした行動を起こすための方法にあるということです。私が池田会長のお話をうかがっていてわかった範囲内《はんいない》で申せば、あなたは世界の国々に問題提起《ていき》をしうるお立場にあるということで、また、ある種の行動を起こすための世界的提案《ていあん》を、あなたご自身、求めていらっしゃるのではありませんか？

あなたがどのような提案をなさるにしても——先ほど汚染《おせん》の話をしましたから、それを例に話しますと——そこからいっさいの池田会長の行動が始まるべきであるという、その出発点について申しのべたいと思います。まず、会長が行動を開始されたらなんらかの結果が出るでしょうから、この結果をもって二、三の重要な国々へ問題提《てい》起《き》し、これらの国があなたの例にしたがうようなことを進めます。

以上は先ほど申したことですが、この場合、一つの大事な点は、あくまで池田会長の創価学会がそのイニシアチブをおとりになるということです。イニシアチブをとれば、その結果として他の国々が自分のほうから呼びかけてくるでしょう。私は、池田会長がイニシアチブをとり、それを守って、他の国々の提案《ていあん》にひざまずかないように願っています。

池田　いや、たいへん重要なカギを示唆《しさ》してくださいましたが……なかなかたいへんな仕事ですね。ともかく、生死の幾山河《いくさんが》を越えてこられた実践者《じっせんしゃ》でなければ語れないおことばと思います。

それはそれとして、汚染《おせん》とか資源問題とか食糧問題ということに関連して、いまの国連は、あまりにも無力です。いざ一つの大事件が起きた場合になんの力もないのが実情です。その国連というものをどうすべきか？　こんにちの人類がかかえている世界的な問題にたいして、解決する力のある機関をつくるには、どうしたらいいか？　また、もし現在の国連を変革《へんかく》するとすれば、どのようにすべきであると考えられますか？

マルロー　国連は、いまや、手のくだしようがありません。亡霊《ぼうれい》の一舞台《ぶたい》と化してしまっていますからね。あなたが、あまりそれにエネルギーを浪費《ろうひ》しすぎませんように。会長の立場からは、むしろ一個の提案《ていあん》をされるべきでしょう。汚染《おせん》問題について行動を起こされるとなれば、そしてフランスと連絡をとりたいとお考えでしたら、私としてはあなたをフランス大統領のところにおつれして、フランス最大の新聞にこの問題に関してインタビューを掲載《けいさい》するようおはからいしましょう。

これはたいへん簡単《かんたん》なことです。それというのも、これはたんなる提案によるのではなく、池田会長がそのときすでにとった行動の名のもとによるのですから……。たぶん、他の国々にも他の同志が見つかることでしょう。

池田　たしかにいちばん現実的な考えだと思いますね。日本では総理大臣に、そうしたことをやらせられる力をもっている人はいないと思う（笑い）。残念です。また、

総理も話を聞かないでしょう。(笑い)

マルロー 池田さんは能力のほどをお示しになった。創価学会は、すでに一千万人のメンバーを擁《よう》して、まったく大きな力となっています。したがって、そのお立場に立って、たとえばフランス共和国大統領に、これこれの汚染《おせん》にたいする闘争《とうそう》を、自分はまったく利害関係ぬきにしてすでに起こしたのだ、貴下《きか》もこの運動に参加してはどうか、とおっしゃることができるはずなのです。そうすれば、フランス共和国大統領がその提案《ていあん》を避《さ》けるということはないでしょう。

池田 なるほど、そのことはよくわかりました。

最初の行動者が回答を

池田 ところで、二十一世紀において、はたして共産主義ないし社会主義が理想的なのか、資本主義、いわゆる自由主義がいいのか、あるいは民族主義になるべきか、種々の議論が錯綜《さくそう》しています。あなたはこの点について、どうお考えになりますか?

マルロー　この種の歴史的、政治的問題は、十三、四世紀には存在しなかったところの問題です。十九世紀末からの問題といえます。

これにひきかえ、いま、二十一世紀とおっしゃいましたけれども、つぎの世紀の根本問題はテクノロジーの問題となるでしょう。汚染《おせん》のたぐいの問題がますます重要になってくる。もはや人間相互間の敵《てき》ではなく、人類の敵、というわけです。当然それにふさわしい思想が必要でありましょう。つまり、工業技術的というか、テクノロジカルなイデオロギーといったものが……。

池田　そうすると、そのテクノロジカルな思想というものが芽生《めば》えていく思想的土《ど》壌《じょう》としては、民族主義、共産主義ないし社会主義、自由主義または資本主義といった分類から考えた場合には、資本主義的な社会に近いのか、あるいは共産主義的な社会に力点をおいて考えているのでしょうか？

マルロー　論理的にいえば、災害にたいする闘争《とうそう》、汚染にたいする闘争、テクノロジカルな敵にたいする闘争を、いちばん有効《ゆうこう》にやってのけられるのは、共産主義ということになるかもしれません。共産主義者たちはそのための最大の方法をもっているいのであって、論理そのものでは、この問題にたいしてなんの効力《こうりょく》も発揮《はっき》しようがないのですから。

いかなる現実の共産国も、池田会長がすでに行《おこな》われたようなことができるわけではありません。このご質問にたいする、いちばん重要な答えは、したがって、いちばん最初に行動を起こす人間がその回答を出すということです。

池田　それはありがとうございます。ところで、私の考えからすれば、科学文明主義といっても、たしかにその領域《りょういき》のなかの敵《てき》というものが変わりつつあり、そこからして、人間の生存《せいぞん》自体が脅《おびや》かされるにいたっていると思うのです。どうしても生命のなかにひそむエゴを克服《こくふく》しなければなりません。したがって私は、人間主義、生命主義の哲学《てつがく》と実践《じっせん》とが変革《へんかく》の最重要なカギであると思うのです。そして、あなたの予見《よけん》されるテクノロジー時代という二十一世紀にあっては、あくまでも、その人間、社会の底流をつらぬくものは「生命の世紀」でなければならないと、もうこのことを十数年前から叫《さけ》びつづけ、またその実践をしてきております。

マルロー　同感です……。

池田　つぎに、未来の人類について考える場合、教育問題がもっとも大事だと思います。創価学会は前会長も教育者、初代の会長も教育者です。私もすでに、大学・高校・中学を創立《そうりつ》し、実践《じっせん》しております。そこで、未来の人間を育成していくために、これからの教育はいったいどうあるべきかということをおうかがいしたい。

教育と人間形成

マルロー　二つの問題があると思います。一つは科学教育ということで、これは方法の問題ということになる。もう一つは、つぎのようなことです。十九世紀は科学が人間形成を行《おこな》いうるものと考えましたが、私たちは科学にはそのようなことは絶対にできないということを知っています。人文《じんぶん》科学と呼んでいるものは、人間を全体的のものとして扱《あつか》わないで、部分化しています。したがって重要なことは知識の伝達ではなく、いかにして人間を形成するかということになってくる。この人間形成は家庭からくることもあり、また、池田会長の創価学会のような組織からくることも、たしかにあると言ってよい。

池田 こういう考えはどうでしょうか。ゴーリキー＊は「この人生は、いわば、校舎と教科書のない学校である。私はこの〝人生という大学〟から学ぶことが多かった。私にとって、この人生は〝私の大学〟である」と述べていますが、私は、たとえ校舎や教科書がなくても、原理原則、勉学習慣だけは強力に樹立《じゅりつ》していきたいと思っています。これを「肩《かた》のこらない自然な教育」という形で実現していきたいというのが私の夢《ゆめ》ですけれども、いかがでしょうか？

マルロー すこし話を前にもどしてお話ししましょう。なぜなら、方法を論ずるまえに、私としてはその奥にある内容をお話ししたいと思うからです。一方に知識の伝達あり、他方に人間形成ありと、私は申しました。ところで、かつて人間形成は、どの国にあってもイギリス帝国《ていこく》の〝紳士《しんし》（ジェントルマン）〟といった典型《てんけい》によってなされていたのです。

しかし、私は、日本こそ新しい人間形成の典型像をつくりうる最後の国であるという信念を持っているのです。もちろん、そんな考えはどれも過去のものであるという若者がおりましょう。

しかし、創価学会のような人間形成の運動にほんとうに力が加われば、そして日本人の形成を決意するならば、これは人類にとって一個の亀鑑《きかん》となりえましょう。

池田　私の場合は、あくまでも「人間革命《かくめい》」の運動です。

それでは、青年、学生たちのために、なにかひとことモットーとして贈《おく》ってくださいませんか。

マルロー　「《武士道《ぶしどう》》プラス《禅《ぜん》》」……。

池田　……

マルロー　つまり、仏教の禅とそれから武士道的なものの結合ということです。ここに禅といったものは《精神的なもの》という意味で、仏教的精神とご理解くださってもけっこうです。

池田　そういう意味でしたら納得《なっとく》できます。

ところで西欧《せいおう》においては、《愛》ということが人間性の重大テーマとしてとらえられています。この愛に比較《ひかく》すべき東洋での概念《がいねん》……とくに仏教徒の概念はご承知《しょうち》のとおり《慈悲《じひ》》ということばで表《あらわ》されております。慈悲とは「楽を与え、苦を抜きとる」という内容でありますから、愛とは思想内容が異《こと》なっております。だが両者の間には、共通性も大きいのではないか。

愛というものは人間に本然《ほんねん》に備《そな》わった本能的《ほんのうてき》能力の一つであって、後天的《こうてんてき》に習慣によって養成された性質ではありますまい。隣人《りんじん》を愛し、地球を愛し、さらに未来の人類を愛しゆく。そうした意欲はだれもが持っていながら、実際には社会機構《きこう》や生活苦に負けて、大事な愛がただ観念の内のこととして終わってしまう。たとえ観念の殻《から》に突破口《とっぱこう》を切り開いた人でも、ではその「愛」を「だれ」へ向けて「いかに」実践《じっせん》するかとなれば、その「いかに」という様態《ようたい》に迷《まよ》う、というのが偽《いつわ》らぬ姿《すがた》ではないかと思います。むしろ、愛の実践について真剣《しんけん》であればあるほど……真剣な人ほど、迷うのではないでしょうか。人生の先輩《せんぱい》としてのあなたから、「愛の実践」ということについて、なにか見解《けんかい》がありませんか?

マルロー 《愛》は、あなたがおっしゃっているような意味では、つまり西欧的《せいおうてき》愛なるものは、こんにちではなんらの真実性もなく、仮面《かめん》であるにすぎません。キリスト教の定義によれば「神は愛なり」ということはご存じと思います。いまではこの定義がロンドンでネオンサインに書かれています。そのヨーロッパ世界において、しかし、一八〇〇年以来、愛はその根拠《こんきょ》を失ったのです。

もう一つ重要なことがあります。だが、いったい、かつて西欧で人間を形成したでしょうか。それは偉大《いだい》な宗教的秩序《ちつじょ》だったのです。しかし、いまではこの秩序はまったく失われてしまいました。池田会長は、日本で、この人間形成のための偉大な宗教的秩序という役割を果《は》たすことができます。世界的価値《かち》の見本を示すことができましょう。

新しい騎士道《きしどう》を創《つく》り出すのはだれか？

池田　ひじょうに鋭《するど》いご意見ですが、西欧でも、人間革命《かくめい》、宗教革命という意義と必要性がやはりありましょうね。

そこでつぎに、哲学《てつがく》の問題をうかがっておきたい。「行動と思考《しこう》」「存在《*ザイン》と当為《ゾルレン》」について――。

人生観、世界観の問題というものは、洋《よう》の東西を問わず、有史《ゆうし》以来、人類の大問題であった。とくにこの問題が大きくクローズアップされるようになってきていることについて注目《ちゅうもく》しています。

ご承知《しょうち》のごとく、今世紀はじめは学問上にあって一大変革《いちだいへんかく》が起こった時代です。物理、論理、心理学、その他各ジャンルにわたって、古典時代から訣別《けつべつ》して一大転換《てんかん》が行《おこな》われた。それが応用化、技術化されて、こんにちの工業社会、情報社会が築《きず》かれているわけですが、この新しい学理に裏づけられた「存在《ザイン》の客観認識《にんしき》」は異様《いよう》なほどに長足《ちょうそく》の進歩をとげたものの、《存在》と対《つい》をなすべき、《当為《ゾルレン》》への自覚のほうは、はなはだおくれをとったと私は思っています。

とくに先進諸国においては、当為の問題を意識的に回避《かいひ》したところに、二度の世界大戦、およびその後のベトナム戦争や中東紛争《ふんそう》のような現実がまかりとおり、あるいは経済侵略《しんりゃく》めいた現象が発生し、あるいは人間疎外《そがい》の進行が現《あらわ》れたと思っている。それが原因のすべてではないかもしれないけれども、当為の問題の放棄《ほうき》が大きい誘因《ゆういん》の一つになっていると私は考えています。

したがって、行動の人であるマルロー先生が、こういう点について、世界的視野《しや》のうえからどのようにお考えなのかをおうかがいしたいと思います。

マルロー　《義務《ぎむ》》の概念《がいねん》は、技術に結びついているのではなく、私が先ほど申し上げた人間形成に結びついております。したがって、科学に対応するものは、義務ではなく、道徳《どうとく》教育であるといわねばなりますまい。

《実存《じつぞん》》の概念は深く形而上学的《けいじじょうがくてき》なものであります。実在にたいしてはそれはなんらの影響《えいきょう》をもあたえないのです。実存に関して、あなたは、まさにマイスター・エク*ハルトのごとく考えておられます。形而上学そのものには（現実への）(訳注1)契機《モメント》がないのです。したがって、二つの正確な回答があたえられましょう。すなわち、義務の問題は教育の問題であり、実存の問題は形而上学の問題であると。

池田会長が持っておられる大きな力について、どうしてジャーナリストたちは、それが新しいなにものかの創造《そうぞう》であるといわないのでしょうか？

ある種の新しい騎士道《きしどう》を創《つく》り出す以外に、この問題を解《と》くカギはありません。

池田 あなたのいう騎士道《きしどう》と武士道《ぶしどう》は、どう違いますか？

マルロー 昔のままにあるというようなことはユートピック（理想的）なことで、そんなことはまったく問題になりません。まず、可能なことから始めなければなりますまい。これは良識《りょうしき》の問題です。

池田会長にしたところで、一億人の日本人に歴史的武士道の精神をそのままに再現させるということはできないでしょう。まず熟慮《じゅくりょ》より始めて、可能なことから実践《じっせん》することです。

その可能なことが歴史的武士道であるとは思われないのであって、なぜならそれは時代によって形成されるべきものだからです。したがって未来の日本は、ある意味で、そうした不滅《ふめつ》の精神的なもののよみがえり、あるいはフェニックス*（不死鳥《ふしちょう》）というふうにいえると思います。

池田 よくわかります。仏法では「浅きを去《さ》って深きに就《つ》くは丈夫《じょうぶ》の心なり」と表現しております。より以上の深き哲学《てつがく》の道をいかなる非難中傷《ひなんちゅうしょう》があっても勇んで進んでいくのが、新しい〝騎士道〟〝丈夫の心〟といったものでしょう。ですから、その新しい光をよみがえらせる原点は、私は仏法にあると思っています。または、ひろくいえば本質的な意味での哲学《てつがく》ということになると思いますが、どうでしょうか？

マルロー まさしく、そのとおりです。(訳注2)万人は自分自身の神をとおして真の神にいたる、ということであろうと思われます。

池田 われわれの人生は限られております。空間的に往《い》き来《き》できる範囲《はんい》、行動の種類と内容、そして時間的には寿命《じゅみょう》のうえで限られております。だが私は、この有限《ゆうげん》の身でありながら、無限《むげん》のものを求めたい……本能的《ほんのうてき》ともいえる衝動《しょうどう》を心のなかに持っております。

幸いに長い信仰生活のおかげで、そうした衝動のうち、利己的《りこてき》な面でのそれはコントロールできるようになりましたが、反面、世界や社会の現状をみるにつけ、人類の百年後のためには、いま、私はなにをなすべきか、いかなるクサビをどのように打っておくべきか、可能なるそれはなにがもっとも適切《てきせつ》か、そしてその手段は……と、日夜考えるようになって、この点における「無限の欲求衝動」を強く感じているしだいです。

もちろん、それについて私は自分なりにビジョンを描《えが》き、実行にも励《はげ》んでいるつもりですが、私たちのこの「百年後の人類のためには……」という未来にたいして、あなたのご意見もうかがっておきたいと思っています。

マルロー 私がよくわかっているかどうか確かではありませんが、「人間の権利《けんり》」というものを教えることが、やはり、この場合いちばん大事なことでしょう。しかしそれは、結局、「他者たちの権利」を教えるということだと思いますが……。しかし、そのためには百年かかるでしょう。

もし池田会長がこのような真理を説かれるならば、世界じゅうの国の人々が、こぞって、あなたの創《つく》られた大学にやってくることはまちがいありません。かつてガンジー*の真理が世界の人々を招いたのと同じことです。

なぜなら、世界の人々をおおっている、いちばん深い諸問題というものは、じつは簡単《かんたん》な形をとって現《あらわ》れうるものであって、もっとも深いものはもっとも簡単な形で現れうるのであるという事実を、忘れてはなりません。

池田 ひじょうに蘊蓄《うんちく》のあることばですね。

ところで、最近は、世界的に学問・知識の複雑化《ふくざつか》と専門化にともなって、知識人はますます一般大衆から遊離《ゆうり》した存在になりつつあります。この知識人の、大衆と現実のいとなみからの遊離が、この世界を野蛮《やばん》な力の横行《おうこう》のなかにおとしいれる動因《どういん》の一つになっているように思われるのです。あなたは果敢《かかん》に行動する知識人として、世界にもまれなほどの生涯《しょうがい》をつらぬいてこられましたが、現在ならびに今後の世界において、知識人はどうあるべきだとお考えになりますか？

マルロー 第一に、芸術と知識とのあいだに溝《みぞ》はあるけれども、人間と、いわゆる宗教現象のあいだにはそうした溝は存在しないということを申し上げたいと思います。

私がアインシュタイン*と会ったときにいわれたことですが、原子力の原理について人はよく自分に説明を求めるけれども、自分があらゆる人に説明をするという立場ではない、といっておりました。このことが、ひじょうに私の胸《むね》にひっかかっている。そうかといってジャーナリストたちに直接に話をしてしまったのでは、どのように勝手につくられるかわからない。その中間にやはり学者が介在《かいざい》しなければならない――

と、こういうのですね。

これは科学についてアインシュタインが私にいったことですが、同じことを精神的領域《りょういき》についてもいうことができます。つまり精神的領域の真理なるものがあるけれども、これは、だれか、やはりそれを把握《はあく》している人物というものがある。これを万人に伝えなければならない。けれども、まさか宗教的真理をジャーナリストたちに、いっぺんにいうわけにもいかないでしょう。その間に入ってくるタイプの人たちとはだれか？

池田 なるほど……。しかし、まさにその点において知識人が物事を真正《しんせい》に判断し、さらにこれを公平に大衆に還元《かんげん》すべきではないでしょうか？

マルロー アインシュタインは、あるジャーナリストが彼について本を出したとき、全体を見なおして、これはかくかくのジャーナリストが書いたものだけれども、自分はこれを読んだ、これでよろしい——とサインをしているのですね。こういうふうな形をとることによって、ジャーナリスト側《がわ》が作業をすすめることが可能になったわけです。

生死を本源的《ほんげんてき》に解決する仏法

池田　あなたは、なんらかの形で、死後、生命がつづくと思いますか？　仏法では*「成住壊空《じょうじゅうえくう》、方便現涅槃《ほうべんげんねはん》」と、生命の《我《が》》の永遠性について明快《めいかい》に説いておりますが……。

マルロー　私の考えでは、ここ百年以上の西欧《せいおう》世界の不幸は、西欧が不可知論者《ふかちろんしゃ》(訳注3)であったということです。不可知論者として、ひじょうな疑《うたが》いの語彙《ごい》をもって死について考えてきました。これは十九世紀思想の特徴《とくちょう》です。

しかし、私は、不可知論とは、疑いというものではなく、イコール信仰と同様であって、死を考えることが不可能であるという肯定《こうてい》であると思います。もしこの不可能性といったことを強く考えていったならば、死の脅威《きょうい》というものは消えてなくなることでしょう。

そもそも、死後の存在などというものはないのではないかと疑うところに、死の脅威は生まれてくるものです。不可知論《ふかちろん》なるものについて、そこで、まじめに、古い悪魔《あくま》の犠牲《ぎせい》にならずに考えてみるならば、死にたいして人々がこれ以上は考えられないという確信を持てたならば、死の脅威《きょうい》は完全に消えるということに気づくはずであると思います。けだし、人間にとってもっとも救済的なことは、死というものを考えられなくなることであるからにほかなりません。

なるほど人間は、航空機の発達したこんにちのような時代でありますから、航空機事故やなにかで自分がいつ死ぬかわからないという恐怖《きょうふ》にたえずとらわれているわけですが、大事なことは《死去》ではなくて、《死》そのものである、というふうに私はいいたい。人が恐《おそ》れているのは、自分が消えてなくなるということです。しかし、死の問題は死去ではないのです。したがって、ここからひじょうに重要な啓示《けいじ》を引きだすことができるのであって、この考え方によって私たちは死を超《こ》えることができるということです。

死については私は、ただいま、形而上学的《けいじじょうがくてき》にお話ししました。そのような死は苦痛《くつう》といったものとはまったくの別ものです。

すなわち、肉体的苦痛《くつう》としての死、つまり死去につながるところの死、そうしたものとはぜんぜん別問題であるということです。

池田　それを哲学的《てつがくてき》に、演繹的《えんえきてき》に、ぜんぶ説きあかしたものが、じつは東洋仏法の真髄《しんずい》なのです。生死の問題の本源的《ほんげんてき》解決は仏法によってのみなされるでしょう。そこにのみ、生命のなかに太陽が昇《のぼ》ることを私は確信しています。

マルロー　それはよくわかります。なんとなれば、まず重要なことは、釈尊《しゃくそん》その人がもっとも偉大《いだい》な不可知論者《ふかちろんしゃ》であったということにほかなりませんから。

池田　そのような見方もあるかもしれませんが、そうしたことよりも、私は釈尊こそ生命の本源について悟達《ごだつ》したと申し上げたい。私はＵＣＬＡ（カリフォルニア大学ロサンゼルス校）の講演でも話したのですが、仏教が無常《むじょう》を説き、死を視《み》つめることを教えたのは、常住不変《じょうじゅうふへん》の法の実在することを教えるためだったのです。

その釈尊の仏法がアショーカ王*のインドの文化として結実《けつじつ》し、中国の唐代《とうだい》の文化を建設し、さらにわが国においては奈良《なら》・平安朝の文化を築《きず》いている。

だが釈尊自身がみずからの仏法について、正法《しょうほう》一千年、像法《ぞうほう》一千年の二千年を過ぎると、その教義《きょうぎ》と芸術は残るけれども、その仏教自体の力は失ってしまうと、予言しています。

そして、それ以後の末法《まっぽう》という時代に入れば、かならず末法万年という未来につうずる〝太陽の仏法〟が出現するであろうと志向《しこう》しているのです。それが生死を解決する〝日蓮の仏法〟ということになるのです。

日本の蘇生《そせい》へ持続《じぞく》ある運動を

池田　最後に、フランスの文化をささえた根源《こんげん》というものはなんであったか？　私は、フランスの思想・文学・芸術の根底に流れている人間への関心、人間を人間として認《みと》め尊重《そんちょう》していく精神が、フランス文化の本質であり、フランスを文化の国たらしめた支柱《しちゅう》ではなかったかと思っています。この点、どう考えられますか？

マルロー　大国の歴史的運命はなにかしらひじょうに奇異《きい》なるものです。大国には二種類あるように思われます。自国がもっとも大国であるときに他の国々を自分の下位に置く、イギリスのような国があります。といってイギリスが偉大《いだい》でなかったというわけではありません。イギリス的偉大性とは孤立《こりつ》することにあるといえるでしょうから。ただし、注釈をつけねばなりません。今次大戦中のロンドン空襲《くうしゅう》ですね、これなどはイギリスが孤立から抜けだしたときを示すものにほかなりません。

しかし、フランスの場合を考えてみると、フランス的偉大性とは他国にとっての大国、偉大性である、ということです。もっとも、フランス自身がそんなことを主張してきたわけではありません。いずれにせよ、ほかの国々のためにあるときに偉大であるというのが、フランスの偉大性というものであるといえるし、いわゆる歴史的運命でもあったといえると思うのです。そのことを過去の歴史において顧《かえり》みれば、二つの時点においてフランスが世界にとって大国であった時期があった。第一に中世における＊十字軍遠征《じゅうじぐんえんせい》であって、これはキリスト教信仰をもととした偉大性でした。第二は、フランス大革命《だいかくめい》で、これは人間を基礎《きそ》とした偉大性でありました。フランスの価値《かち》はそこにあります。

先ほど日本のフェニックスといったのは、そのような意味での日本的偉大性というものがあるということを信じていればこそで、そうした偉大性《いだいせい》が、かならずやふたたび立ち現《あらわ》れてくるということを信じている、ということを申し上げたかったからなのです。

池田　よくわかりました。その日本の蘇生《そせい》のために、なんとかご期待どおりの持続《じぞく》性《せい》ある運動を、私は強力に進めたいと思います。あとは歴史が証明してくれることでしょう。

マルロー　会長に、それがおできになることを信じています。

池田　先生のご健康を心からお祈《いの》り申し上げ、そしてまた世界的ご活躍《かつやく》を心から期待いたします。

きょうはお疲《つか》れのところ、長時間にわたって価値《かち》ある重要なお話をいただきまして、感謝申し上げます。ド・ヴィルモラン女史にも感謝します。

ド・ヴィルモラン夫人　むしろ私のほうこそ楽しい時間を過ごさせていただき、また、とても有意義《ゆういぎ》なお話も聞かせていただいて、ありがとうございました。

池田　今日の会見は、私は一生忘れないでしょう。

マルロー　もし池田先生がパリにいらっしゃるとき、私もパリにいるようでしたら、またいろいろとお話をしたいと思います。

池田　ひじょうにうれしいことです。そしてまた、いつの日かパリを訪問するときに、ご好意にむくいるお礼をもっておうかがいしたいと思います。

（一九七四年五月十八日、東京にて）

訳者注

（1）ここで二人の対話者の間でいわれている事柄《ことがら》は、訳者が「解説」でふれた「不《ふ》可知論《かちろん》と行動」の問題に深くかかわりをもっている。マルローにとっては、池田会長が「マイスター・エクハルトのように」実存《じつぞん》について語りながら、すなわち本来的に現実世界のつながりの「契機《モメント》がない」実存の問題を掘《ほ》りさげながら、なおかつ義務的《ぎむてき》行動への賭《か》けを実践《じっせん》していくあり方が、ひそかに、ひじょうなる深い関心の的となっている。人間実存にたいする形而上学的《けいじじょうがくてき》問いが、いかにして歴史的参加と結びつきうるのか？　アンドレ・マルローその人においてもそれは謎《なぞ》であり、この謎をとおして彼は池田大作氏の行動を注視《ちゅうし》している。マルローが、池田会長の請《こ》いに答えて、日本の青年たちのためにモットーとして「武士道《ぶしどう》プラス禅《ぜん》」といったのも、この意味で解されなければならない。すなわち禅の一語によって実存《じつぞん》の目覚《めざ》めの必要性をいうとともに、武士道の語によって行動を意味しようとしたものである。なお、武士道についてのマルローの理解は、一九六〇年に氏が来日したおりのインタビューで訳者に聞かせてくれた「武士道とは、武士の勇気と、主君への忠誠をとおしての超越者《ちょうえつしゃ》との交《まじ》わりの誓《ちか》い、くわえて日本民族の超越性を意味する」との言葉に明らかなとおり、きわめて形而上学的《けいじじょうがくてき》立場での理解である。

(2)「万人は自分自身の神をとおして真の神にいたる」とは、インドのことわざで、マルローはおおいにこれを愛して随所《ずいしょ》に引用している。

(3) **不可知論《ふかちろん》(者《しゃ》)** l'agnosticisme(l'agnostique) トマス・ハクスレーが「私は神にたいして懐疑論者《かいぎろんしゃ》ではない。かつてキリスト教神秘《しんぴ》思想の一派、グノーシス派の人々が、真の神を認識《にんしき》する人間はわれわれである、といったのとは反対に、私は真の神のなんたるかを知らないという立場である。したがって、《認識》を意味するギリシャ語の《グノーシス》に否定《ひてい》の〝ア〟の字をつけて《アグノスチシスト》と自己主張しよう」と書いたことに端《たん》を発する。なお、「釈尊《しゃくそん》その人が偉大《いだい》な不可知論者である…」とのマルローの言葉の真意にたいしても誤解《ごかい》があってはならない。「死後われわれの魂《たましい》はどうなるのですか?」との仏弟子《ぶつでし》の問いに答えて釈尊《しゃくそん》が「死後の問題、輪廻《りんね》の問題で心をわずらわすことなかれ」と答えたのは有名なことであり、マルローの言葉もこの点をさしたものだが、彼はこの種の形而上学的《けいじじょうがくてき》問題にたいする偉大《いだい》な仏陀《ぶつだ》の判断中止の態度を高く評価《ひょうか》しているのであって、「輪を断《た》て！」との仏教の行動はくりかえしその念頭《ねんとう》に去来《きょらい》しているのである。

II　人類と平和

ソビエトの印象《いんしょう》

池田　ふたたびお目にかかることができて、たいへんうれしく存じます。昨年（一九七四年）五月に日本においでになられたときに、初めてお会いしたわけですが、そのさいの対談は、私にとってひじょうに有意義《ゆうい ぎ》なものでした。

マルロー　どういたしまして。私のほうこそお会いできたことをうれしく思っております。

池田　今回は、この対談のあと、パリからモスクワへまわる予定になっています。昨年の九月に、モスクワ大学からの招待《しようたい》でソ連を訪問しましたので、二回目の訪ソになるわけです。今回の訪ソは、作家ショーロホフ*氏の生誕《せいたん》七十周年記念式典のために、ソ連作家同盟から招待されたものです。

私はべつに作家でもありませんし、ショーロホフ研究家でもありませんが、世界市民の一人として、仏法者の立場から、世界平和のためにできるかぎりのことをしたいと念願しております。前回の対談のさいにも申し上げましたが、世界の各国をまわるのもそうした気持ちからのことで、べつに他意はありません。ソ連訪問も、人間の心と心をつなぐ対等性、相互性につらぬかれた交流こそ必要であるとの考えからです。

マルロー　池田先生の歴史的責任の重さはよく存じています。

池田　光栄です。結局、相互理解をもたらす鍵は、教育、文化の交流にこそ求められるべきだとの信念は、ますます強められました。

マルロー　あなたが観察されたソビエトの印象は……。

池田　ソ連にかぎらず、私が各国をまわってまず第一に感じたことを率直に申しますと、どこの国でも民衆はただひたすら平和を熱望しているということです。いまだ真の恒久平和からはほど遠い、戦争と戦争の谷間に咲いた束の間の平和かもしれませんが、この平和を願う民衆の無言の声を、水かさをますように高めていくことが、遠い道程のようにみえても、もっともたしかな道でしょう。そう私は信じています。

ソビエトの場合でも、前回の訪問のさいに私が眼のあたりにしたのは、戦争への憎悪を心の奥深くにしみこませている民衆の姿です。なによりもまず、この一点を凝視しあうことが大切ではないでしょうか。いささか単純なようですが、これが私の平和実践論《じっせんろん》の序章《じょしょう》のようなものです。しかし、決して机上《きじょう》の平和論ではありません。再度の訪ソにも、こうした平和への条件づくりのために、なんらかの貢献《こうけん》ができればという、それだけの気持ちしかありません。

マルローさんのソビエト観は、簡潔《かんけつ》にいえばどのようなものですか。マルクス主義にたいするご見解はいちおう承知《しょうち》しておりますが。

マルロー（訳注4）　国際政治においてソ連の首脳《しゅのう》がもっているたいへん重要な政治的力を、まず考えなければならないでしょう。私がコスイギン氏*に会ったのは、一九六六年でした。そのときの印象《いんしょう》を申し上げれば、この政治責任者は、ヨーロッパ人が話しなれている政治家たち、たとえばフランスのジスカール・デスタン氏*などとは、類似《るいじ》しているところがはなはだ少ない政治家のタイプであるということです。つまり、われわれの大統領や大臣とはまったく異《こと》なった生涯《しょうがい》をおくってきたのですから……。

たとえばコスイギン氏は、きわめて重要な立場で、広範囲《こうはんい》の活動をしてきた人物ですが、スターリンの粛清《しゅくせい》にも無縁《むえん》でした。

さて、ソ連について私が考えていることについてですが、スターリンは私にかつてこう言明《げんめい》したことがあります。「私のいうことをよく憶《おぼ》えておいていただきたい。私が若かったころ、われわれは、自分たちの革命《かくめい》はヨーロッパの革命によって援《たす》けられ成就《じょうじゅ》されるであろうと信じていた。しかしいまやわれわれは、ヨーロッパ革命のほうがロシアと赤軍によって援けられるであろうということを知っている。これがあなたにいうべき、いちばん重要なことだよ」と——。

なるほどこれはスターリンのことばではあったが、しかし、いまではソ連首脳《しゅのう》は、ヨーロッパの革命のために赤軍を使うなどということは考えてもいないでしょう。彼らの考えるところはひたすらロシアの発展の追求ということにほかならないと、私は思います。

共産主義社会のための歴史的イデオロギーなるものは、かつてはたしかに存在していました。だが、それは現在では生きていません。ソ連があたかも世界の共産主義政治の証人であるかのようにふるまい始めたそのときから、失われてしまったのです。

国際インター*は、事実上、もはや存在してはいません。ロシアと中国の人民民主主義があるのみです。アメリカ人にしても、ある日、パリにアメリカ政府ができるなどとは、だれも思ってはいないでしょう。同様にロシアの人々も、フランスのソビエトによってつぎの覇権《はけん》がにぎられるとは考えていないはずです。

池田　昨年、私がコスイギン首相と会談したときにも、ソ連はもはや侵略《しんりやく》主義の道をとろうとはしていないということを聞きましたし、そのことばが真実であるとの印《いん》象《しよう》を受けました。少なくとも私は、そう信じたいと思います。「二十一世紀は明るいとみてよいか」という私の問いに、「私もそれを望んでいる」と、しみじみとした口《く》調《ちよう》で語り、核軍縮《かくぐんしゆく》の懸案《けんあん》を解決することが急務《きゆうむ》であることを、さかんに強調していました。

現在の世界情勢がデタント（緊張緩和《きんちようかんわ》）へ向かっていると信じるのは、あるいは理想主義的にすぎるという見方もあるでしょうが、ともかくこの究極《きゆうきよく》の流れを見定めなければ、人類がいま起こすべき行動の第一歩も生まれないにちがいありません。

ともかく、昨年、中国、ソ連をあいついで訪問したときに、そこで強く感じたことは、庶民《しよみん》が平和を愛し、平和を求めているという事実です。両国の首脳《しゆのう》とも会見しましたが、率直《そっちょく》にいって、人間的な親近感《しんきんかん》と信頼感《しんらいかん》をもつことができました。国家と国家が対立して争いをつづけているのは、歴史的な相克《そうこく》から生じた不信感がたがいに先《せん》入観《にゅうかん》となって、それがどうしても先に立ち、相互理解の妨《さまた》げになっているからだといってよい。

この不信の氷をとかすには、人間レベルでの交流——具体的には教育・学術をはじめとする文化交流、さらには過去の確執《かくしつ》にとらわれることの少ない若い世代の交流の推進につくすことが、なによりも大切であろうと思っています。

ところであなたは、これからの世界のリーダーシップをとるのはどの国だとお考えですか。

平和への決断と行動

マルロー 実際にはどの国も権力《けんりょく》を背景《はいけい》にしてリーダーシップをとろうとはしないでしょうし、事実、それを望んでもいません。もっとも、表面上は、みな、リーダーシップをとろうとみせかけてはいますが……。しかし、そのじつ、自国のことしか考えていない。一種の孤立《こりつ》主義とでもいうべき考え方に傾《かたむ》いているとみてよいのではありませんか。しかし、孤立主義なるものは、たいへんに困難《こんなん》なことであろうと私は考えます。

池田　私がかねがね指摘《してき》してきているのもその点です。人類全体が運命共同体になりつつある現代、孤立主義の行き方は成り立たないでしょう。国内の安定を図るために、また政治の当然のあり方として、内に目を向け、また自国の利益追求を第一義とせざるをえないでしょうが、それらも国際政治全体の動向《どうこう》と結びついていることは明らかです。したがって、不安定な国際政治を安定の方向へ向けるために、各国とも、じつは時代の変化に適応《てきおう》しうる有効《ゆうこう》なリーダーシップの理念を模索《もさく》していると考えたいのです。それは、平和へダイレクトにせまる主張、ビジョンをもったものにならざるをえないと思いますが。

そこでとくに、国際政治における第三世界の積極的《せっきょくてき》な発言や行動が、たんに政治の領域《りょういき》のみならず、もっと文化全般においても注目《ちゅうもく》されてくるわけです。現在、南北問題はきわめて重要な、同時に解決の困難《こんなん》な課題《かだい》となってきており、それは東西の対立を緩和《かんわ》するよりも、さらにむずかしいといってよいでしょう。

マルロー 私の目からすれば、第三世界は、自己の進路をみずから見いだし、決定していくというより、むしろ新たな状況《じょうきょう》に即応《そくおう》していこうとしているように思われます。

池田 この四月に中国を訪問したさい、北京《ペキン》滞在中《たいざいちゅう》に——たまたまプノンペン陥落《かんらく》の翌日でしたが——カンボジアのシアヌーク殿下と会見する機会がありました。インターナショナルな政策を提示《ていじ》するというより、人間的解放に立脚《りつきゃく》した民族主義の立場を強調されていたことが、印象《いんしょう》に残っています。

そのときシアヌーク氏から強く感じたのは、民族主義の覚醒《かくせい》が第二次大戦後から第三段階に入ったのではないかということです。つまり、第三世界は国家的にも民族的にも長い試行《しこう》の期間を経《へ》て、強く平和への志向《しこう》をもっており、もはやかつてのように盲目化《もうもくか》していくナショナリズムとは異《こと》なったものになりつつあるのではないかということです。

マルロー　今日の文明をもっとも特徴《とくちょう》づけているものは、あきらかに、決断の不在であると私は考えています。政治の面でいえば、時代を画《かく》するほどの歴史的政治がないということになります。大戦時の英雄《えいゆう》の世代にあっては、チャーチル、ルーズベルトあるいはスターリン、ド・ゴールにしても、彼らはひとしく歴史的政治を行《おこな》おうとしてきました。しかし最近の世界をみるに、歴史的政治を行っているといえるほどの人物は、皆無《かいむ》なのです。

池田　その歴史的政治ということについて、もう少し具体的にうかがわせていただけませんか。

マルロー　およそ三、四千年にもわたって、歴史的政治なるものはあったのです。人間も共同体も〝決断をともなう方向〟にしたがってきたといえるのであって、これらの人間が、結局のところ世界の運命を変えてきたのです。

フランスの例でいえば、リシュリューの時代まで、フランスは二流、三流の国家にすぎなかった。しかしその棺《ひつぎ》を覆《おお》うたときは、フランスは世界一流の国家となっていたのです。この間に意志の行使《こうし》があったのです。

セソストリス（Sesostris、紀元前二〇〇〇年から紀元前一八五〇年までにあらわれた三人の古代エジプト王に与えられた名前。セソストリス一世、二世、三世と称《しょう》せられる）からナポレオンまで、つまり農耕《のうこう》文明における大帝国《だいていこく》の期間にあっては、こういった面で人類になにほどの変化もありませんでした。

多くの事象《じしょう》に変化をきたしたのは一八七〇年ごろになってからのことです。それは、ドイツのヨーロッパ支配への野望が跳梁《ちょうりょう》した時代であり、大英帝国の創建《そうけん》の時期にあたっていた。その後、アメリカとソ連の歴史的世界への登場となる。

精神領域《りょういき》でいえば『資本論』*『イエスの生涯《しょうがい》』*、ニーチェ*の初期の著述《ちょじゅつ》、さらにダーウィン*、といったところでしょう。そうかと思うと、他方、ダイナマイトの発明もあった。一つの世界が終末《しゅうまつ》に近づくや、なにものか別世界の事象が登場してくるものなのです。

一九一四年（第一次大戦勃発《ぼっぱつ》の年）の時点においては、人はまだ歴史的政治なるものが存在していると思っていた。「思っていた」というわけは、実際には、すでにそれは明白ではなかったからです。ロシアに向かってドイツ人が「あなたがたにも自分たち同様に開戦への責任がある」といっているのは、あながち間違いともいえないでしょう。

ところで、こんにちではどうか？ 大国といえば、とりもなおさずアメリカを意味するが、ヨーロッパ的ないしローマ的意味での、アメリカの歴史的政治なるものは、決して存在しなかったんですからね。モンロー主義*などの歴史的決断はあったが、歴史的政治はなかった。

では要するにアメリカにはなにがあるかといえば、なによりもまず、千差万別《せんさばんべつ》の権力《けんりょく》があるといえます。個人的、集団的権力、また、政治家、国会議員の権力といったもので、これらの相矛盾《あいむじゅん》する権力が歴史的意志に達するということは、まず、めったにありません。アメリカの意志なるものが、もしかりにも存在すれば、それは当然、世界の征服《せいふく》ということになるでしょうが、しかし現実にはそういうことはありえないのです。アメリカという国は、まじめにそれを模索《もさく》することなしに当代における最強国となったわけで、この意味で、いささか奇妙《きみょう》な状態のうちにあるといっていいでしょう。

ローマの考えていたことは、地中海の制覇《せいは》ということでした。ナポレオンにしても、敗《やぶ》れさえしなかったらヨーロッパの制覇を考えたにちがいありますまい。この論理からして、もしも、アメリカの考えていることがあるとすれば、当然それは世界征《せい》服《ふく》ということになる道理ですが、ところがそうはならない。ウィルソン大統領*のごときは、持てるものは意志ではなく、モラルだった。

こうして、英国にもはや大英帝国《ていこく》がないのと同様、現在では世界に歴史的政治はないということです。

池田 私はこうみています。つまり創造力《そうぞうりょく》と牽引力《けんいんりょく》をもった文明が生まれていないということが、現代の歴史的政治の空白を招いている、と。それは、価値《かち》の多様化《たようか》、多元化《たげんか》の反映ということの、一面では証明だと思います。

ただ、人類の未来を考えた場合、どうしても各体制、各民族の相互理解が求められてきます。相互理解には当然、相互努力がその前提《ぜんてい》としてなければならない。対立や孤立《こりつ》主義ではなく、理解と協調の精神を時代精神にまで高めていく必要があるでしょう。

大局的に考えて、崩《くず》れることのない相互理解と友好の精神基盤《きばん》は、民衆レベルの人間対人間の交流においてしか培《つちか》いえないと思うし、〝平和への決断と行動〟も、そうしたベースをつくらずしては観念の域《いき》を出ないでしょう。

政治体制や民族の違いや、いわゆる文明の進歩の遅速《ちそく》など、世界の状況《じょうきょう》は一つ一つをみると異《こと》なっていますが、人類がかつてない危機《きき》に直面していることはだれも否《ひ》定《てい》できません。それを思えば、人間はまずみずからの人間としての尊貴《そんき》さを自覚する必要があります。

一民間人にすぎない私が、世界を駆《か》けめぐっているのも、この尊貴さの自覚とそれへの共感にたがいに立つためです。この人間の尊貴さを守り抜くという決断こそ、いま要請《ようせい》される行動のもっとも底流を形成していかなければならないと考えます。

つまり本当の意味での平和へ向かう人間の力を引きだすためには、人間にたいする徹底《てってい》した洞察《どうさつ》に立たなければ不可能ですし、人間の、さらにいえば生命の尊厳《そんげん》を守るという視座《しざ》を確立《かくりつ》することが必要です。国家や体制という枠組《わくぐ》みのなかで、それらの権益《けんえき》の擁護《ようご》や、利害・面子《メンツ》などが先行するのではなく、もっと人間そのものが前面に出て、人間としての共感が平和行動の軸《じく》となってくることを望みたいのです。行動のなかで人間の善性《ぜんせい》を信じ、可能なかぎり触発《しょくはつ》しあっていきたい――というのが、私の率直《そっちょく》な心境です。さいわい米・中・ソ三国を訪問して、未来への危機感《ききかん》をバックに、たがいの善性を信じあい、「反目《はんもく》」を「信頼《しんらい》」に変えゆこうとの感触《かんしょく》を、かすかでも得ることができました。

ソ連では、「中国の孤立化《こりつか》は考えていない」という発言を聞きましたし、訪中にさいしては、決して侵略《しんりやく》主義をとらないとの言《げん》を耳にし、また事実そうであろうと、その印象《いんしょう》を強くしました。これは私の実感です。

日米関係と日本の進路

マルロー　そこで、ひとつ、池田先生にご質問したいことがあります。

日本と米・中・ソ三国の関係、とくにアメリカとの関係について、おそらく日本は、いまのままの状態をつづけていくことが不可能なような状況《じょうきょう》におかれているのではありますまいか。核《かく》のもちこみにしても、日本はそれほど長いあいだ、それを拒《きょ》否《ひ》しつづけることはできないのではなかろうか。問題は、かりに日本が核をもった場合、そのことによって日本とアメリカの関係がどう変わるかということです。その関係いかんによって、日本の対アジア、対中国の外交政策も変化せざるをえない状況《じょうきょう》にいたるでしょう。

アメリカは、もはや、アジアにたいして従来《じゅうらい》のような帝国《ていこく》主義的態度を維持《いじ》しえないところにきています。ヨーロッパにおいてはフランスがドイツとの接近を強めつつある。こうした情勢のなかでアメリカも従前《じゅうぜん》同様の対日関係の態度をとりつづけられるはずはないし、ここからして日米関係は、おそらく今後、世界にとっての大問題を呈《てい》することでしょう。

池田　米・中・ソ三極といっても、情勢は明らかに違ってきています。ヨーロッパにおいては、ヨーロッパ独自の立場を保《たも》ち、発言権を強めていこうという動きがありますし……。

日本はご存じのように明治維新《めいじいしん》をもって世界に眼を広げましたが、その近代化の流れは、まず富国強兵策《ふこくきょうへいさく》によって軍事力の強大化を図るという道を選択《せんたく》しました。それの決定的挫折《ざせつ》であった第二次大戦以後は、経済力を自国のパワーとして世界へ進出した。そのいずれも、他国からみるならば侵略的色彩《しんりゃくてきしきさい》はいなめなかったわけです。

私はこれからの日本の進路としては、簡単《かんたん》にいえば平和の要《かなめ》となり文化の輸出国になる以外にないと思っています。人類の文化に貢献《こうけん》しうる創造《そうぞう》のダイナミズムをもって進んでいくべきだと——。つまり、〝日本を文化の宝庫《ほうこ》に〟という構想《こうそう》です。

アメリカと日本との関係も、そうした友好ベースの再構築《さいこうちく》が必要ではないかと思っています。たしかに政治状況《じょうきょう》の変化にともなう一時的バランスの変化はあるでしょう。この点については、本年一月、キッシンジャー氏と会談したさいにも話題になりました。キッシンジャー氏は「日米の深い友好関係は日本の外交関係によるであろう」といっていましたが、たしかに、これからの日米関係は、外交関係の基本的ベース、つまり外交理念そのものの転換《てんかん》が必要です。

あなたがいま、指摘《してき》されるような状況からして、いまや日米関係には新たな討論が交《か》わされなければならないでしょう。もし日本が主体性をもって対応しなければ、かえってアメリカの信頼《しんらい》を失うことにもなりかねません。

マルロー　それについては、アメリカ自体の変化も必要でしょう。私がみるところでは、アメリカの政策はつぎのように要約されます。つまり、日本にたいするアメリカ側《がわ》の意向《いこう》を保持しつつ、その意向をどうやって遂行《すいこう》させるか、と。私の考えでは、もはや日米関係は一方的な望みを押《お》しつけることは不可能だと思います。遅《おそ》かれ早かれ、現在のままの関係を維持《いじ》することはできなくなるでしょうが、また逆に、容易《ようい》にそれを壊《こわ》すこともできないにちがいありません。

池田　よくわかります。先ほどの日本列島を文化の宝庫《ほうこ》にしようという私の構想《こうそう》について、もう少し申し上げたいと思います。

「戦争」と「文化」は対極《たいきょく》に位置するものです。軍事、武力が、外的な抑圧《よくあつ》によって人間を脅《おびや》かし、支配しようとするのにたいし、文化は内面から人間自身の可能性を開花させ、解放させるものです。

また武力は軍事的強大国が力の論理をつらぬこうとするのにたいし、文化交流というものは、摂取《せっしゅ》という受け入れがわの主体的な姿勢が前提《ぜんてい》となります。いうなれば武力の破壊《はかい》にたいし、文化の基底《きてい》にあるものは創造《そうぞう》でしょう。

現代の戦争、なかんずく核《かく》戦争は文化をことごとく破壊するにいたります。戦争は明らかに人間生命の狭量《きょうりょう》さの噴出《ふんしゅつ》であり、文化とは人間生命の豊かさの表現ともいえる。両者は人間生命の本質からみて、絶対にあいいれないものです。選択《せんたく》は一つしかありません。

私は文化により権力《けんりょく》を包囲《ほうい》していく必要性を痛感《つうかん》しています。つまり政治によっておちいりがちな「不信」と「反目《はんもく》」を、文化本来の光で「信頼《しんらい》」と「理解」に転換《てんかん》していかねばならないと考えます。第二次世界大戦以降の日本人のメンタリティーには、そうした自覚が強く芽生《めば》えていることは、すでにご承知《しょうち》のことと思います。日本の進路も、ここから明白になるでしょう。

マルロー おそらく国際問題は、まず、国内問題といったところでしょう。つまり、日本の政治的指導者のタイプに大きくかかわってきます。

池田 それは、イデオロギーをふりかざしての対立抗争《こうそう》から、指導者の人間的資質《ししつ》の競《きそ》いあいという時代に入ったともいえますね。

世界の平和と一国の平和

池田　いま日本の進路について、私なりの考えをお話ししましたが、世界を見わたして、どの国が理想的な国家運営を行《おこな》っていると考えていらっしゃいますか。

マルロー　残念なことに一つもありません。現在、もっとも重要と思われる現象は、普遍的《ふへんてき》理想などというものが、もはやどこにも見あたらなくなってしまったということです。

五十年前なら、アメリカ人も、アメリカ合衆国こそ自分たちの理想にかなった国である、と胸《むね》を張《は》ったことかもしれません。イギリス人なら大英帝国《ていこく》について同様のことをいったでしょう。そしてそういったことは、ある程度、ほかの国々の人間もそれを認《みと》め、普遍性をもった理想国といったイメージが、人々のあいだには通用していたのです。そんな時代がたしかにあった。

ところが現在では、大英帝国はもはやなきにひとしく、合衆国はアメリカ人の理想よりますます遠くなりつつある。アメリカ人は、もはや自国を讃美《さんび》することなどできません。むしろ否定的《ひていてき》な、嘆《なげ》きの声のみが聞かれることでしょう。このような現象は、今次《こんじ》大戦後、顕著《けんちょ》になったことがらなのです。

池田　なるほど……。私は平和というものが、かぎられた範囲内《はんいない》で、いわば部分的に達成されていたというようなことはあったとみます。たとえばアメリカにおけるモンロー主義のように、消極的《しょうきょくてき》な不干渉《ふかんしょう》主義をとることによってもたらされた平和が、いちおうみられたというようなケースです。しかし、いま、ご指摘《してき》のように、大戦以後はとくに一国のみの平和というものはありえない。世界の平和があってはじめて、それぞれの国の平和も保障《ほしょう》されるという状況《じょうきょう》に直面したわけですね。

したがって今後、もし理想を求めるとすれば、世界の平和という共通項がまず求められなければならない。どこの国の民衆も、個人として、民衆としてのレベルではその大部分が平和を求めています。この民衆の平和意識を結実《けつじつ》させていく以外にない、と私は考えています。

これまでの人類の歴史は民衆を手段化してきた。多くの為政者《いせいしゃ》は民衆を尊《とうと》ぶとはいいながら、心のなかでは蔑視《べっし》しているのが実情ですし、また民衆はつねに啓蒙《けいもう》の対象《たいしょう》でしかなかったといえましょう。

私は、民衆がもっている平和への願いをもっと大切にし、民衆みずからがその平和意識を開花させていくことが、これからもっとも要請《ようせい》されてくるのではないかとみます。つまり民衆一人一人がみずからの平和意識を主体的に高めていくための、触発《しょくはつ》の媒介《ばいかい》が必要でしょう。日ごろ潜在《せんざい》しているそうした意識を顕在化《けんざいか》し、不断《ふだん》にそれをかきたてていくことによって、民衆総体としてのパーソナリティーとして形成されるまで高めていく。そのための努力を怠《おこた》ってはならないと思います。

このようにしてなしとげられた社会変革《へんかく》、それを基盤《きばん》として達成された世界平和であれば、永遠の光をもってくるのではないかと思います。武力をもって制覇《せいは》した歴史というものは、もはや完全に過去のものです。

民衆がいったん目覚《めざ》めた意識をもったならば、二度とそれをおおい隠《かく》すことはできない。一刻《いっこく》も早くそうする必要があるし、そうなれば、その火は絶《た》えることがないでしょう。

二十一世紀には精神革命《かくめい》が……

マルロー 先にもふれましたが、現代は決断不在の時代なのです。私が歴史的政治と呼ぶところの信念をもった指導者も、もはや見あたりません。ローマ帝国《ていこく》の政治、大英帝国の政治、ナポレオンの政治など、今後は出現不可能でしょう。それに、五十年前なら多くの人々が世界の運命を省察《しょうさつ》すべくつとめていましたが、いまではこれがうまくいかないと認《みと》めて、それぞれ自分の城《しろ》に引きこもってしまったというわけです。しかし、そうも明らさまにいうのは、はばかられるので、だれもが口では、いちおう「世界」ということはいっている。しかし、実際はそうではないのです。

池田 現代の指導者における世界観の喪失《そうしつ》ともいえるでしょう。しかし、世界性を欠《か》いた発言であれば、たとえ自分の城のことであっても説得力《せっとくりょく》をもちえないのではないでしょうか。たしかに世界中の指導者がそうしたジレンマにおちいっているように思われます。そしてそれは、あなたのいわれたいわゆる歴史的政治の時代の終焉《しゅうえん》を意味するでしょう。

しかし、だからこそ私は、二十一世紀への決断をはたす主役は民衆である、民衆が歴史の前面に躍《おど》り出てくる時代に入ったのだと強調したいのです。デモクラシーは、現在において最大多数の人々が理想として認《みと》めた原則ですが、それは本来、支配者の原理というより、民衆のためのルールであったわけです。

ところでマルロー先生ご自身は、二十一世紀について明るい見通しをおもちでしょうか、それとも悲観的《ひかんてき》にとらえておられますか。

マルロー　本質的なことはわかりません。それはわれわれのもっているゲームのカードのなかにはないのです。つまり、現在の与件《よけん》からは、いまだ予想できないとしか申し上げられません。おそらく、まったく別の事態《じたい》が現《あらわ》れることでしょう。われわれの経験の範囲内《はんいない》では計《はか》り知れないほどの現象が。まさに一つの精神革命《かくめい》といっていいものです。

これまで私ども西欧《せいおう》の世界にあっては、発明、発見が、あなたがたの世界におけるよりもずっと大きな役割をはたしてきました。ひじょうに簡単《かんたん》な例を一つ引きましょう。世間では電子顕微鏡《でんしけんびきょう》はふつうの顕微鏡の完成されたものであると考えられていますが、これはまったくの間違いです。なぜなら、光学《こうがく》顕微鏡は、ある程度の拡大の次元《げん》までしかみることができなかった。たとえば光学顕微鏡で一個の細胞《さいぼう》をみようとしても、まったく不可能だったのです。それにたいして、電子顕微鏡のほうは、細胞をはっきりとみせてくれるのですから。こうして、さまざまな物理学上の発見は、かつては思いおよばざるところのさまざまな知識をもたらしてくれたわけですが、重要なことは、こうした発明によって人は、探《さが》し求めていたなにものかを発見するのではなく、まったく違うなにものかを見いだすことがある——ということです。

つまり、発明、発見によって答えがあたえられるのではなしに、新たな問いが発せられるのですね。

こういった考え方を推《お》しすすめると、かなり遠くのところまでわれわれは行きつくことになるでしょう。電子顕微鏡の実用化は戦後のことですが、生命の本質的要素は細胞であるということを仮説《かせつ》としてしか考えることができなかった学者と、それが経験的事実であることを知っている学者とのあいだの差違《さい》は、決定的と申さざるをえません。

池田　同じようなことが、宇宙を視点《してん》にしたものの考え方にもいえると思います。人類が、はるか宇宙の彼方《かなた》から地球をみるなどということのなかった時代には、地球は一つ、地球は宇宙に浮かぶ運命を共同にした船、宇宙船地球号であるといっても、ピンとはこなかったでしょう。しかし、いまは実感をもって、そのことが明瞭《めいりよう》な時代となっています。

宇宙開発という人類のかつてなかった行為《こうい》そのものが、すでにグローバルな視点を提供《ていきよう》しているわけで、新しい発想の転換《てんかん》をせまっている。外なる宇宙がわれわれに新たな視点を提供した以上に、われわれ人間の内なる宇宙ともいうべき生命の解明《かいめい》、把握《はあく》が新たな視点をもたらすでしょう。

仏法はその人間生命を究極《きゆうきよく》の対象《たいしよう》とした哲理《てつり》であり、私たちの人間革命《かくめい》運動は、内なる宇宙、つまり自身に内在《ないざい》する創造的《そうぞうてき》生命を自身の手によって開拓《かいたく》する、人間自立の変革《へんかく》作業です。人間が新たな生命的思想の高みに立って二十一世紀を展望《てんぼう》し、築《きず》きあげていこうという運動です。

マルロー 二十一世紀は、ソビエトの人々が《プサイ(Ψ)》*と呼ぶものの時代となるであろうと、私はかつていったことがあります。それというのも、ソ連ではいまや想像を絶《ぜつ》する変化が起こりつつあるからなのですが。そしてそうした変化の出現そのものが、じつはマルクス主義的ではないということを、彼らは発見するにいたったということです。いまでは、宇宙飛行士のためのテレパシー*実験に協力しない科学専門家は相手にされない、といった事態《じたい》まで生じつつあるありさまです。

わずか数年前までのあの国のあり方を考えれば、このような変化はまったくどぎもを抜かれるほどのものといわざるをえません。もっとも、こうした考え方が、どれも、いつまでもつづくものかどうかは疑問《ぎもん》ですがね……。すべて無意味のものになってしまうのではないか、とさえ思われるほどです。

それというのも私は、いっさいが激《はげ》しい勢いでつくりかえられるのをみてきた世代の一人だからで、この点、他のこれまでの世代とは比較《ひかく》のしようがありません。なにしろ、辻馬車《つじばしゃ》から宇宙船まで、たった一世代のうちに変化をとげるのをみてきたわけですから……。

池田　未来予測《よそく》というのは、たいへん困難《こんなん》な作業ですね。ある意味では、バラ色の未来論も、終末論的《しゅうまつろんてき》な未来予測も、たいして意味がないといえるかも知れません。私は未来予測という作業は、未来はどうなるかではなく、未来をどうするか——ということに真の意義があると思います。

一人一人の人間の生きることへの意志が人生の全体に反映され、その時代を彩《いろど》り、やがて歴史へと投影《とうえい》されていく。新しい道はこうして開かれていくと信じています。したがって未来は現在を生きる一人一人の胸中にある、さらに日々を生きゆく日常性のなかにあるとみたいのです。

科学と宗教の新しい関係

マルロー　十九世紀と比較《ひかく》して、われわれの世紀の発見は、科学がマイナスの面をもっているということです。十九世紀におけるもっとも賢明《けんめい》な人々のあいだでは、科学はマイナスにあらずと考える点では、まったく一致《いっち》をみておりました。今世紀にあっては、こうした考え方はほとんどありえないのです。十九世紀には、科学といえば、いわば病人を治《なお》してくれるものとの考えが一般だった。科学が人間を殺すといった考えはなかった。

ところがわれわれにとって、原爆《げんばく》といった例は、まことに意味甚大《じんだい》な結果をもつにいたった。したがって十九世紀の人間のような考えを聞いたら、だれだってすぐに肩《かた》をすくめることでしょうよ。しかもわれわれとしては、こうしたマイナスの面をもっているのは、科学のみならずわれわれの文明全体であるということを、いまや、知っているのですからね。

汚染《おせん》の問題にしても、せいぜいここ三、四年前からまじめに考えられはじめた現象です。だれでもいいから通りを行く人間をつかまえて訊《き》けば、われわれの文明は物を製造してあたえてくれはするが、しかしなにものかを奪《うば》いとってもいく、そうした性質のものだ、という返事がはねかえってくることでしょう。

池田　ご指摘《してき》のとおり、科学万能《ばんのう》という信仰は完全に崩《くず》れさっていますし、科学優位《ゆうい》の考え方も、日ごとに影《かげ》をひそめていっています。このことは物質至上《しじょう》主義から

い。先に申し上げた精神革命《かくめい》としか呼びようのないような。

池田　精神革命ですね。その考えは私たちの運動がめざす人間革命に通じると思うのです。

マルロー　私もそう思います。たしかにこれまでの歴史のなかで、人類はいくつかの精神革命ともいえることを経験してきました。もっとも、十九世紀からこのかた、それは起こっていないようにみえますけれども、経験してきたということはたしかです。かつては、宗教の誕生《たんじよう》のつど、ある種の精神革命がもたらされたものでした。仏教誕生の百年まえには、人々は、仏教の展開していく内容など思いもよらなかったことでしょう。仏教の誕生は、その意味でもまさに革命だったのです。

こうした事態《じたい》を考慮《こうりよ》したならば、十九世紀にあっては現在のわれわれの時代がまったく想像もつかなかったのと同じように、いまから百年後に二十世紀文明と絶対的に異《こと》なる文明が起こりうるということが、当然、考えられてしかるべきでしょう。その場合、かつてヨーロッパにキリスト教がもたらした精神革命といったものが、ふたたび仏教によってもたらされないという保証はどこにもない、ということです。

核廃絶《かくはいぜつ》と食糧危機《きき》の回避《かいひ》

池田　話はかわりますが、先に核の問題について話がありましたが、広島、長崎の悲惨《ひさん》な歴史的事実は、たんに日本の悲痛《ひつう》な経験であるばかりでなく、人類の貴重《きちょう》な経験です。その意味で日本が核全廃《ぜんぱい》に向かって世界の先駆《せんく》をきって努力を行《おこな》うべきことは当然であり、人類の未来にたいして日本にあたえられた歴史的使命でしょう。これほどすばらしい価値《かち》ある仕事はないと思うのです。

前回、対談した折にもふれましたが、この核全廃へ向かうプロセスはいろいろ論議され、運動も展開されています。しかし、私はどうしても人間生命の尊厳観《そんげんかん》を事実のうえで確立《かくりつ》する思想の必要性を痛感《つうかん》するのです。科学者の良心とか、核兵器のボタンをにぎる為政者《いせいしゃ》の良心とかがいわれますが、生命の尊厳観が一人一人の心のなかにしっかりと根を下《お》ろし、その思想が大地となって、そのうえに核廃絶という運動が実ってくると考えるのです。私どもの運動は、いわばこの大地を耕《たがや》し、肥沃《ひよく》なものとしていく根底的な運動であると自覚しています。

私が考え、表明している現実的な案としては、核廃絶《かくはいぜつ》に関する世界各国の最高責任者による首脳《しゅのう》会議を開くべきだということです。いっさいは話しあいのテーブルに着くことから始まる。単純なようでこれは動かせない原則であり、これを信ぜずしてはいっさいは無意味になってきます。一面からいえば、話しあいが真に有効性《ゆうこうせい》を発揮《はっき》しはじめたとき、人類の歴史は大きく局面を打開する第一歩を踏《ふ》み出すことになるでしょう。

マルロー　たしかに話しあいは必要です。しかし、条約や協定は、結局たいして重要なものではありますまい。条約は、文明が変化しないときには重要かもしれません。ヨーロッパにおいて文明はナポレオンから一九一四年まで変化がなかったようなもので、当時においては、たとえば英国と日本とが同盟を結ぶということも悪いことではなかったでしょう。しかし、いまではどうでしょうか……。

池田　問題は話しあいの中身であり、相互理解から相互信頼《しんらい》が芽生《めば》えたかどうかです。核の問題、これは人類が解決すべき第一のものですが、人口、食糧、汚染《おせん》、資源などの、いま話しあいによる人類共存《きょうそん》の方向が、共感をもって確認されるべき時が来ています。

一回目の対談のさいに、私は世界食糧銀行についてふれましたが、具体的には申し上げませんでした。この食糧問題ですが、インド、バングラデシュ、アフリカ諸国などにみる、たびかさなる旱魃《かんばつ》や洪水《こうずい》によって、極度の飢饉《ききん》が招来《しょうらい》され、想像をこえる多くの人々が飢餓《きが》線上にあることに、私は仏法者として無関心でおれません。それで、先にローマで開かれた世界食糧会議を注目《ちゅうもく》していたのですが、こうした会議がもたれたことは一歩前進としても、その内容には失望《しつぼう》せざるをえませんでした。

残念なことに、どうしても国家間の利害と思惑《おもわく》が交錯《こうさく》して、飢餓の苦しみを人間として分かち持つといった姿勢が欠《か》けています。「食糧戦略《せんりゃく》」とまでいわれるほど、国家エゴが横行《おうこう》しています。私としては、食糧問題を討議する会合は、次回からもっとも食糧問題で苦しんでいる当の現地で開催したらいいと考えています。また、基本的な討議の姿勢としては、〝なにを要求するか〟ではなく、〝なにを与えうるか〟に発想の根本をおくべきだと思っています。

「世界食糧銀行」の機能《きのう》としては、よく指摘《してき》されるように食糧の安全保障《ほしよう》、世界的な農業政策の再検討、配分機構《きこう》の確立《かくりつ》などを果《は》たさなければなりませんが、なによりもまず求められるのは、この銀行の基盤《きばん》となる理念、思想ではないかと考えます。国家、個人のエゴイズムを乗りこえ、人類の生存《せいぞん》という一点に協力体制をしいていくために、仏法でいう慈悲《じひ》は大きな思想的基盤を提供《ていきよう》すると、私は信じています。

私たちの具体的行動の一つとしては、バングラデシュについて、私たちでできるだけのことをしたいという強い気持ちをもっています。マルロー先生はバングラデシュとかかわりが深いわけですが、なにか示唆《しさ》がありましたら……。

マルロー　まず、池田さんご自身が、現地へいらっしゃるべきでしょうね。それというのも、バングラデシュは、ひじょうに変化が激《はげ》しい国だからです。私がバングラデシュにいたときにも、信じられないほど多くの死者をみました。暴行《ぼうこう》され、避難《ひなん》した、三十万人あまりの女性もみました。もう三年前の話です。

情況《じようきよう》はその後大きく変わりました。この国でなにかをしようとするならば、まじめな意志をもつ人々だけで仕事をしなければなりません。まず、政府首脳《しゆのう》と目《もく》される人物に会うことが望ましい。そして、すべてを一からやりなおすため、効果的共同作業について話しあうべきです。なぜなら、これまでになされてきた国際的援助《えんじょ》の三分の二は、まったく台なしになっているからです。なにかを送ってやるなどということでは、もちろん解決するはずもないし、救済になるどころではありません。

池田 参考にいたしましょう。ただもっと本質的なことになりますが、食糧問題について、見落としてならないことは、世界的に農業政策にたいする再検討がなされるべきである、ということです。これまで、先進諸国に支配的な考えは、工業化のためには、農業が犠牲《ぎせい》になるのもやむをえないというものでした。こうした一方的な考え方をあらため、工業化の推進とともに、いな、それ以上に、農業の保護育成《ほごいくせい》を、十分に考えていく必要があるでしょう。

このことに関して、中国を訪問しての見聞《けんぶん》はひじょうに示唆《しさ》に富《と》んだものでした。それはあくまで農業を基礎《きそ》にして、そのうえで工業の発展をめざすという行き方で、農業をまず盤石《ばんじゃく》にしてじゅうぶんな食糧の確保《かくほ》を図り、このベースのうえで工業も発展をとげています。おそらく経済発展のパターンが奇形《きけい》にならないよう、じゅうぶん留意《りゆうい》したうえでの農業重視の方向でしょうが、世界的な食糧危機《きき》のなかで、この中国の試《こころ》みは注目《ちゆうもく》されると思いました。

訳者注

（4）「マルクス主義においてその芸術観だけは、すくなくとも修正《しゆうせい》しなければならない」と、かつてマルローは訳者に語ったことがある。芸術は、決して、歴史的《条件づけ》以下のものではないというのである。『芸術が国に奉仕《ほうし》するにあらずして国が芸術に奉仕すべきである』とはマルローの一論文の題名であり、彼の生涯《しようがい》と、文学・美術の全作品が、いかにして人間が《人間の条件》より自由になりうるかを問いつづけてきた立場であることを考えるとき、マルクス主義にたいするこの態度はきわめて当然のものとして納得《なつとく》されよう。

Ⅲ　文学と行動

文学と〝人間〟の追究

池田　私は来週、ショーロホフ氏と会う予定になっています。（＝池田会長はマルロー氏との対談を終え、五月下旬、ソ連を訪問した。これはソ連作家同盟の招きによるもので、ショーロホフ氏の生誕《せいたん》七十周年記念式典に参加するためであった。ただしショーロホフ氏は急病のため式典に欠席、再会は実現しなかった）

先回の訪ソのときにお会いし、楽しいひとときを過ごしました。ご承知《しょうち》のように、ショーロホフ氏は、一貫《いっかん》してロシア文学の伝統的《でんとうてき》テーマともいえる民衆愛を追求しています。つまり、歴史を底流で担《にな》いつづけるのは、為政者《いせいしゃ》でもなく知識人でもなく、じつは民衆であるという信念をもっている人物のようです。

したがってその作品も、時代の圧倒的《あっとうてき》な流れのなかにあって、雑草のように力強く生き抜いていく、たくましい民衆のエネルギーを描《えが》こうとしているようです。マルロー先生からショーロホフ氏に、なにかお伝えしたいことでもありましたら……。

マルロー 共通のなつかしい想い出があります。彼は才能のある作家です。どうかよろしくお伝えください。しかし私のみるところ、あなたがもっとも関心を寄せておられる問題、つまり宗教の問題については、たいして関心をもっているとはいえますまい。ショーロホフは、いわゆるインテリとか、思索家《しさくか》といったタイプの人ではありませんから。

池田 私がショーロホフ文学、というよりロシア文学に寄せる最大の関心は、ロシア文学が民衆の幸福とか解放、平和といった理想をみつめ、文学はそのためにいったいなにをなしうるかを、つねにテーマとしてきたことにあります。

このことに私は共感をおぼえるのです。文学は、一部の知識人の占有物《せんゆうぶつ》ではなくして、いかなる状況《じょうきょう》にあっても黙々《もくもく》と生き抜く民衆を無視《むし》してはありえないと考えます。この民衆観ともいうべきものが、じつはロシア文学の特色であり、多くの共鳴《きょうめい》をえている土壌《どじょう》ともなっていると思うのです。

ショーロホフ氏についていえば、氏は一九五六年に『人間の運命』*という短編を発表されています。戦禍《せんか》にもまれる男が、寒風の吹《ふ》きすさぶ運命に抗《こう》しながら生き、最後は戦場に傷《きず》つきつつも、なお生きようとするところで終わります。私はもちろん作家ではありませんが、一個の人間の変革《へんかく》というものが、歴史の流れをどう変えるかをテーマに、小説『人間革命《かくめい》』を書きつづってきました。

一方、マルロー先生は『人間の条件』*を著《あらわ》され、死という不条理《ふじょうり》な運命を背負《せお》いつつ生きる人間群像《ぐんぞう》をテーマにしておられる。私はこの〝人間〟へのあくなき追究こそ、文学の最大のテーマであると考えています。人生というものは、運命によって左右されるだけではないはずです。むしろ、人間の生きることへの意志が人生の全体に反映され、歴史に投影《とうえい》されることによって、一個の人間の歩《あゆ》みが生きたものとなり、新しい歴史そのものも開かれていくと信じます。

人間は、運命の操作《そうさ》のもとにただ生きるというのでなく、そうしたかげりを負《お》いつつも、内面的変革になお可能性を見いだしていくものです。私は、そうした創造的《そうぞうてき》生命こそが人生の起点《きてん》となりうると考えています。

マルロー　作家として、われわれのまえの世代と、われわれの世代とのあいだの大きな違いは、前世代の人々は、できるだけ広い範囲《はんい》の問題、大きなテーマを取り上げたということでしょう。しかし、われわれの世代にあっては、そうではありません。われわれの世代にとって、もっとも重大な問題、最大の関心事とは、自分自身のことなのです。それはもっとも狭《せま》いものであり、およそ普遍的《ふへんてき》でない問題のはずですが、それこそがいちばん大切なことだと、現代の作家たちは考えています。要は、自分は一個の人間としてなにができるか、なにごとにたいして行動できるかということが大事のはずですがね……。

池田　行動ということに共感をおぼえます。作家というよりも、行動をもって自己を問い、生きる証《あかし》としていく姿勢は尊《とうと》い。

私自身も、やはりまず、動くことをすべての第一歩としてきました。まず動いてみる。そしてそのなかで考える。ですから、行動のない言説《げんせつ》には、あまり魅力《みりょく》を感じません。

また、よく指摘《してき》されるように、現在のような管理化社会においては作家の創造力《そうぞうりょく》も衰退《すいたい》し、さらに行動の画一化《かくいつか》、生活体験や思想の貧困《ひんこん》さから、雄大《ゆうだい》な時代の文学が出現してこないというのも、たしかに事実でしょう。(訳注5)

そうしたなかで、マルロー文学に見られるような、科学志向《しこう》の風潮《ふうちょう》を超越《ちょうえつ》した〝永遠なるもの〟を求める姿勢は、高く評価《ひょうか》されるべきであると考えます。
ところで現在、マルロー先生はどういうジャンルに関心をもち、執筆《しっぴつ》しようとしておられますか。

マルロー　芸術へのメタフィジック（形而上学《けいじじょうがく》）というか、ともかく一種の芸術論です。かつては美の追求であった美術が、いまや美学《びがく》ならぬ《問題学（問題複合体《プロブレマチック》）》へと変化をとげるにいたりました。かつては「美は存在する」といわれたものですが、いまや「美術とはなにか」と問われているのです。それは、「美術はある」ではないのです。

日本美術の西欧《せいおう》への影響《えいきょう》

池田　東洋の美術にたいしてもひじょうに造詣《ぞうけい》が深く、幾多《いくた》の著作もだされていることは、よく存じております。

昨年来日されたときも、「芸術における西欧《せいおう》と日本」というテーマで、加藤周一氏と対談されていらっしゃいましたね。昨年は「*モナ・リザ」の特使としての訪日でしたが、十一年まえ、文化相として「*ミロのヴィーナス」を日本で初公開してくださったとき、議会で演説《えんぜつ》された内容をうかがったことがあります。

マルロー　それは光栄です。

池田　たしか「文化とは、死のなかにおいてなお生命でありつづけるもの」というご発言であったと記憶《きおく》しています。

マルロー芸術観の本質は、「死の超克《ちょうこく》」「永遠なるものへの接近」という主題にあるのではないかと思います。私もそこに共感をおぼえます。「モナ・リザ」を見たとき、あの永遠の微笑《びしょう》を生んだルネサンス時代の精神的豊かさと、それを絵画《かいが》として結実《けつじつ》したダ・*ヴィンチ自身の、内なる生命の輝《かがや》きともいうべき永遠性に心をうたれました。

とくに日本の美術と西欧の美術にたいしては、現在、どのようにお考えになっていらっしゃいますか。

マルロー　これは、話しはじめれば長くなるのですが、いま考えていることは、こういうことです。

まず、われわれの時代は、問いと直面しているのであって、答えに直面しているのではないということ。たとえば、《日本の空想美術館》*なるものが考えられるし、これは疑《うたが》いようもなく実在のものではあるけれども、しかしこれが固定したものとは考えられえない。つまり、いまから五十年もたてば、この日本の空想美術館にはひじょうに大きな変化が現《あらわ》れるであろうと思うのです。

その理由は、複製画《ふくせいが》の発達によって日本美術が世界じゅうの画家の知識のうちにいまや繰《く》りこまれつつあるからなのです。現代のさまざまの複製画と日本美術の複製画とを比較《ひかく》してみれば、日本美術とそれ以外の世界の美術との差は、あたかも白黒写真と色彩《しきさい》写真との違いほどのものだということが、のちになってだれにもよくわかることでしょう。

私は、いま『神々の変貌《へんぼう》』の最終巻を執筆《しっぴつ》していますが、そこでは極東芸術《きょくとう》の本質的あり方について重要な一章が加えられることになるでしょう。私は、そこで、表意文字的文明といった視点《してん》から出発しています。そこでは芸術はインドとはまったく結びつかず、また、西欧《せいおう》とも結びつきがたい。真の日本的天才は私にとっては表意文字と切りはなしがたいものである、といった見方を、そこで提起《ていき》しているわけです。

池田 それはユニークな視点《してん》ですね。

マルロー さらに詳《くわ》しく申し上げるなら、そこからして、西欧と日本では、そもそも絵画《かいが》の観念そのものが違っていたのです。豊饒《ほうじょう》なるもののとらえ方をしようとするならば、主題から出発せずして意義のうえから出発しなければなりません。すなわち、西欧が日本美術についてなにごとかかわかったと思ったときはどのようなときであったかといえば、それは、西欧の画家たちが日本の版画家の作品をまえにして、「なるほど日本の版画は、まったく異《こと》なる絵画の観念からできあがっている」ということに気づいたときだったということです。たとえば、ヨーロッパの人間は、あらかじめ額縁《がくぶち》といったものを想定《そうてい》しています。この縁《ふち》のなかの空間を満たそう、と。ところがあなたがたの世界のほうは、この縁といったものを切りはなしてしまっていた。いわば、われわれのほうは、この縁のなかのものを提供《ていきょう》しようとしたのであって、レオナルド(・ダ・ヴィンチ)はそれをやってのけた。そこからタブロー（絵画《かいが》）というものが生まれるにいたったというわけです。

しかるに、あなたがたの世界は、この縁《ふち》というものから自由になっていたのであって、この自由さがヨーロッパに入ってきたのが、まさに日本の版画をとおしてであった、といってよい。ヨーロッパには、そのときまで、そうした日本的例はまったく存在していなかったのです。

池田　まったく異質《いしつ》な視角《しかく》の出会いだったわけですね。日本においても、西欧《せいおう》のものの考えかたから大きな衝撃《しょうげき》をうけました。

マルロー　極東《きょくとう》の重要な発明は、絵というものを決して絵として受けとらなかったところにある、といっても過言《かごん》ではありますまい。注意しなければなりませんが、宗教時代におけるヨーロッパも、あなたがたの国とじつは同様であったので、ブロンズの彫刻家《ちょうこくか》たちは、ブロンズ彫刻をつくっていると自分では思っていなかった。彼らは、ブロンズをつくっていると思っていたのです。そして、オブジェ（物）としての芸術が生まれたのは、十六世紀になってからであって、それ以前においては日本と同様であったということです。

絵画《かいが》にたいするあなたがたの関係は、今日なお形而上的《けいじじようてき》に本質的重要性をもった関係である、という点に変化はありません。私はこの本質的ということばを、ことばの原義《げんぎ》において語ろうとしているのであって、それはどういうことかといえば、この本質なるものが、日本においては、詩をとおして、絵をとおして、音楽をとおして顕《あらわ》れてくるということです。要するに、本質のみがそこにあるということです。

これにひきかえ、西欧《せいおう》にあっては、ある時期から《本質》が姿《すがた》を消してしまった。これは否定《ひてい》しようのない事実で、そこから、残ったものがオブジェであるということになったのです。この両者のへだたりは、絶対的に大なるものであると申さねばなりません。

西欧はつねにシンメトリック*（左右対称《たいしよう》）にとりつかれてきましたが、これは人間の身体がシンメトリックであるから当然のこととはいえ、自然であるとはいいきれません。あなたがたの文明というものは、このシンメトリーをじつは拒否《きよひ》しています。

したがって、シンメトリーの芸術をまえにして、非シンメトリーの芸術があるというこの違いは、もっとも深い相違点《そういてん》の一つとこそいわなければならないでしょう。構造《こうぞう》そのものの、全体性のなかでの相違といってもいいくらいです。

社会主義国の印象《いんしょう》

池田　ある時代から本質が姿《すがた》を消してしまい、オブジェだけが残っているというご指摘《してき》には、たいへん興味《きょうみ》があります。ところで話は変わりますが、最初にふれましたように、このあとソ連へ行きますもので、社会主義国の印象について話をしてみたいと思います。

ソ連についての率直《そっちょく》な印象ですが、私は人類史上、初の社会主義革命《かくめい》をとげたこの国の実情というものが、いまだによく知られていないと思います。ソ連は依然《いぜん》として〝知られざる国〟です。一方でソ連が人類の明日へ少なからぬ選択権《せんたくけん》をもっていることも事実でしょう。こう考えてくると、まず相互理解こそが、いまもっとも求められているといえます。それにはもちろん相互努力が要求されますけれども――。その意味で、政治や経済という利害の次元《じげん》をこえた文化、教育の交流が、より有効《ゆうこう》であろうと私は考えています。

マルロー それは必要なことです。ただ私にとってマルクス主義、あるいは階級《かいきゅう》闘争《とうそう》の理論は、一つの哲学《てつがく》にすぎません。私はそれを信じてはいません。つぎに、マルクス主義は労働者階級によって生産手段を獲得《かくとく》するための一原理である、といった点。これにたいしては私はなんら反論するところはありません。しかし、生産手段のうちの大なるものは政府がにぎるというケースが今後ますます多くなるだろう、そういう国がふえるだろう、というふうにはみております。マルクス主義では、労働者階級のみが社会的正義の手段をもっている、と説いていますす。ところが、西欧《せいおう》の諸大国、また貴国などにあっては、労働者階級はもはや最大多数を占《し》めてはいません。

池田 ソビエトは、いっていることはレーニン*以来本質において同じだけれども、社会がそれに関係なく変化しつづけていることは事実でしょう。生産のための手段のうち、大きなものは政府がにぎるという方向は、すでにいくつかの資本主義国でみられております。一方、いまのソ連の計画経済で課題《かだい》になっているのは、労働の能率《のうりつ》をいかにして上げるかとか、需要《じゆよう》をたんに満たすといった段階から、人々の望む製品をつくるといった方向が、真剣《しんけん》に考えられているようです。

これまでの社会主義国にとって唯一《ゆいいつ》の目標といっていいのは、生産力の向上であった。しかしこれからは人間のメンタルな面、つまり人間の欲求にそって、それに応《こた》える形で社会主義を推《お》し進めていかなければならないのではないか、と考えます。生産力第一主義ともいえるものの根底には、マルクス主義のイデオロギーからくるものがあります。マルクス主義の描《えが》く共産主義社会の理想は、飛躍的《ひやくてき》な生産力の発展により無限《むげん》の富《とみ》を噴出《ふんしゆつ》させ、人々は〝欲《ほつ》するままに働き、欲するままに消費する〟ことのできる状態として指摘《してき》されております。

つまり生産力の発展はそのまま社会全体の進歩につうずるという〝進歩信仰〟にのっとったものでありますが、これはなにも社会主義のみならず、十八、九世紀のヨーロッパでは当然の思考《しこう》であったし、つい最近まで人類に支配的な考えでもありました。しかしいまは、人間にとって進歩とはなにか——を問い直さなければならなくなっています。

人間の欲求にそった経済活動への志向《しこう》の根底にあるものは、やはり〝人間〟を原点にしていこう、という考えかたです。その意味でソ連でも資本主義国のように、たとえば一つの製品をつくるにしても、それが人々の求める製品であるかどうかを、やかましいほど問題にしています。同じ形の靴《くつ》だけでは、いくらつくっても売れない、新しいファッションを——というわけです。

こうして人類の経済は、資本主義国の有力生産手段の国有化や、社会主義国では資本主義国における経済活動の要素の導入《どうにゅう》によって、混合《こんごう》した方向に進んでいるとみます。いわば二つの体制のどちらがいいのか、といった次元《じげん》ではなく、人類は一つの文明の実験を、いま行《おこな》っていると私はみています。

ところでヨーロッパでは「神は死んだ」といわれ、キリスト教の形骸化《けいがいか》が、さかんに指摘《してき》されています。私など東洋の眼からみるならば、たしかにキリスト教は影響《えいきょう》力《りょく》を失ったとはいえ、まだまだ文化の根底に投影《とうえい》されているように思います。とくに無宗教の風土《ふうど》の強い日本からみると、キリスト教の人々の生活にあたえつづける影響というのは、まだまだ無視《むし》できないとみているのですが……。

仏教の西欧《せいおう》への影響《えいきょう》

マルロー　大宗教というものの本質的要素は、答えを変えることではなく、問いを変えることにあります。しかし、目下《もっか》のところ、新しく西欧で提出《ていしゅつ》されたどんな問いも、キリスト教の提示《ていじ》した問いにとってかわってはおりません。もちろん、答えのほうを変えることはできるでしょう。

しかし、もしヨーロッパが仏教国になるとしたら、ヨーロッパは、同じ質問に異《こと》なった方法で答えるということはないでしょうが、それとは別の問いを発するということのほうはありうるでしょう。

池田　それはひじょうに重要な指摘《してき》です。つまり、ただいまおっしゃったことは、このように理解してよいでしょうね。もしヨーロッパが完全に仏教を受容《じゅよう》した場合には、そこには従来《じゅうらい》の仏教ではなく、まったく新しい別の仏教が生まれる可能性がある、というように……。

マルロー そのとおりです。仏教のなかでも、たとえばインドの経典、つまりサンスクリットの原典と、漢訳《かんやく》された阿弥陀経《あみだきよう》とは、まったく同じものではありません。その間において仏教は、すでに完全な変貌《へんぼう》をとげているといってよろしい。

池田 最大のポイントは、仏教の本質、中核《ちゆうかく》はなんであったか、です。仏教の出発点は間違いなく人間の生死の解決にあった。このことは釈尊《しやくそん》の*四門出遊《しもんしゆつゆう》という出家《しゆつけ》の動機《どうき》からして明らかです。仏教は人間の生死を究極《きゆうきよく》のテーマとしてスタートし、人間生命に光を照射《しようしや》しつつ、生命観の確立《かくりつ》をもって終わるといっていい。これは人類のあらゆる思想、哲学《てつがく》にとって、永遠のテーマであったし、今後もそうでありつづけるでしょう。

私どもの運動は、人間生命への把握《はあく》に立って、生命のもつ無限《むげん》の力、ことばをかえれば人間の善性《ぜんせい》をかぎりなくみずからも触発《しよくはつ》し、周囲をも触発させていく運動です。

仏教三千年の流れのなかで、仏教はご指摘《してき》のとおり、それぞれの地で、それぞれの国土に適《てき》した形で変化し、思想的発展をとげてきました。しかも、そこに一貫《いつかん》して、仏教の中核《ちゅうかく》といえる人間生命へのあくなきアプローチがあり、それがどのように行《おこな》われていったかの変化相であることを見きわめていくべきでしょう。

マルロー先生ご自身のテーマでもある、人間の生死という問題ですが、トインビー博士と対談したさい、多くの点で見解《けんかい》の一致《いっち》をみましたが、ただこの人間の生死に関連して、安楽死*の問題については意見が二つに分かれてしまいました。

トインビー博士は、安楽死肯定《こうてい》の立場をとっておられた。人間が、知的活動が不可能となり、植物状態のような存在になったら、みずから生命を断《た》っても許されるだろうという立場です。これにたいして私は、人間生命の尊厳性《そんげんせい》は、なにものにもまして尊《とうと》く、地球よりも重いと申し上げた。これは仏法の生命観からして当然です。

現代文明の危機《きき》がいわれますが、人間のための文明であるべきものが、人間存在を脅《おびや》かすこういう逆転状況《ぎゃくてんじょうきょう》も、結局は人間の生死にたいする誤《あやま》りのない思想が確立《かくりつ》されていないところからきているように思えるのです。

永遠に実在する生命の常住性《じょうじゅうせい》が、私たちの肉体という無常性《むじょうせい》の前に見失われ、人間生命の尊厳観が実体として確立されていないこと、これが生命軽視《けいし》の風潮《ふうちょう》となり、その意味から文明に脆弱《ぜいじやく》さとかげりをもたらしていると考えます。

マルロー なるほど——。そうした仏教がヨーロッパの精神風土《ふうど》に新たな展開をもたらしえないとは、だれもいいえません。あなたがたの成功を祈《いの》っていることをご承知《しようち》おきください。現在から将来にかけて、創価学会には多くの期待が寄せられており、たいへん大きな運命が創価学会を待っていることを知っていますし、それを喜んでもおります。

フランスでは、このごろ創価学会のことがよく話題にのぼります。これは、会長がこちらにいらっしゃっていることにもよるでしょうがね。テレビの放送もありました。

池田 そうらしいですね。

マルロー 創価学会についてのテレビ放送で、ひじょうに滑稽《こつけい》なことが一つありました。というのは、学会の寺院をみせるといいながら、そのじつ奈良《なら》の法隆寺《ほうりゆうじ》をみせておりましたので。もっともこれは、大半のフランス人にとってそう重要なことではありません。だいたいフランスの人間は法隆寺のなんたるかを知りませんから。

池田　フランスのような文化国家が、そうした誤《あやま》りをするのは残念なことです。
（笑い）

マルロー　でも、同様に、もし日本でシャルトル＊のカテドラル（大聖堂）をテレビに映《うつ》したとしたら、それがパリ＊のノートル・ダム寺院ではないと、何人の人がわかるでしょうか。（笑い）

活力のある国、ない国

池田　つぎに、いまご指摘《してき》がありました仏教流布《るふ》の過程《かてい》と思いあわせましてお聞きするのですが、プラトン＊をどうごらんになりますか。
ご承知《しょうち》のように、プラトンはソクラテス＊の思想の山脈を、後世にのこした弟子ですが、プラトンがいてソクラテスがいた、ともいえます。人類史を彩《いろど》るギリシャの思想的巨人《きょじん》ソクラテスは、プラトンという後継者《こうけいしゃ》の存在があってこそ思想史にその名をとどめているわけで、こうした思想の後継、発展ということについて私は考えざるをえないのですが……。

マルロー　プラトンは巨大《きょだい》な天才です。また、一方、おどろくほど見事な文章を書くことのできた、稀有《けう》な哲学者《てつがくしゃ》の一人です。だいたい、哲学者というのは文章を書くことが下手《へた》なものですが。

私は、古代美術、ギリシャ美術、たとえばアクロポリス*などに敬服《けいふく》するのと同じように、プラトンに敬服しています。彼がたいへんすぐれた業績《ぎょうせき》をのこしたということはたしかですが、といって、われわれがいまさら彼を模倣《もほう》しないであろうことも同様に確実なことです。

プラトンは、ソクラテスの哲学を世に広めたという以外には、彼自身の思想としては、それほど大きなものをわれわれにもたらしたとはいえません。しかし、文化の水《すい》準《じゅん》を高めたということはいえるでしょう。

私のほうからおたずねしたいのですが、あなたは日本の状況《じょうきょう》をどうみておられますか。

池田　率直《そっちょく》にいって、将来が見わたせない、展望《てんぼう》がひらけないといった状態にあります。これはなにも日本にかぎったことではありませんが、歴史的にみても現代の特徴《とくちょう》は、危機《きき》意識、不安感が庶民《しょみん》レベルにまで浸透《しんとう》していることでしょう。しかし、危機感が時代を変えゆく底流とも考えられる。その危機感を広く民衆全体がもっているところに、現代の様相《ようそう》があります。

日本の場合、とくに資源、人口、公害と、どの地球的問題においても、もっとも尖鋭化《せんえいか》した形になっています。それらは、経済第一主義で第二次大戦後を進んできた日本人にたいして、深刻《しんこく》な反省と問いかけをもたらしている。戦前は軍事を先とし、戦後は経済を先として、そのあとに人間がついていった。これの挫折《ざせつ》です。

国際関係をみても、日本はアメリカ、ソ連、中国という三極のなかにあって、どのように進路をとるべきか、選択《せんたく》をせまられています。またいわゆる先進国の一つとして、南北問題にどう対処《たいしょ》していくか、という課題《かだい》もあります。

マルロー　ド・ゴール将軍だったら、おそらくこう答えたことでしょう。「どの国とも、絶対に同盟関係を結ばないように」――と。これはかつて、イランの国王にいったことばでしたが。

池田　たしかに、ヨーロッパが直面する、古くて新しい課題《かだい》の一つに「コンチネンタリズム（大陸主義）」と「ナショナリズム（国家主義）」の相克《そうこく》があることは、よく承知《しょうち》しています。このコンチネンタリズムから誕生《たんじょう》したといえるEC（ヨーロッパ共同体）も、ヨーロッパ平和主義の英知のあらわれでしょう。

ただ、このナショナリズムとコンチネンタリズムをいかに最高の状態で調和させるかという問題は、私たちにとってもかなり重要な関心事です。もっとも、日本の場合はヨーロッパとは歴史的条件も地理的条件も本質的に違いますが、日本の行動の選択《せんたく》は、やはりかぎられた条件のなかにしか存在していません。

マルロー　私が何度か日本を訪《たず》ねた印象《いんしょう》としては、まだまだ日本はダイナミックであるということです。外国人として私がみたかぎり、日本の活動には、そこに日本の伝統的《でんとうてき》な精神というものが、生き残っているように思えます。恐《おそ》ろしいほど傷《きず》ついて活力が低下していると感じられる国がありますが、日本の場合、それが感じられない。ただし、日本が進むべき道を模索《もさく》していること、これはたしかでしょう。

池田　日本の伝統的な精神、というより東洋に伝統的な精神といったほうがいいでしょうが、東洋には「小我《しょうが》」を去《さ》って「大我《たいが》」に生きようという精神の志向《しこう》が、伝統的《でんとうてき》にあります。「小我」とは表面の生死、無常《むじょう》の現象に目を奪《うば》われ、煩悩《ぼんのう》のままに生きる状態をいうのですが、それら煩悩、執着《しゅうちゃく》という生命の働きを生みだす究極的《きゅうきょくてき》な生命の実体をみつめ、むしろ無常の現象をつつみこんでいく生き方を「大我」に生きるといいます。

文明の発達というのは、もちろん人々に執着があり、煩悩があるからこそもたらされたといえるのですが、この「小我」を正しく方向づける「大我」のうえに立つことなくして、文明の新たな転換《てんかん》もありえないと思います。

なぜなら現代文明は、まさしくこの人間の「小我」に翻弄《ほんろう》されているといえますし、人間の際限《さいげん》のない無原則な欲望《よくぼう》が、資源の枯渇《こかつ》化とか、環境汚染《かんきょうおせん》とか、核《かく》兵器といった形となって、文明の挫折《ざせつ》をもたらしかねない状況《じょうきょう》を呈《てい》するにいたっています。日本の伝統的な精神は、仏法で説く「大我」の生きかたをうながすものです。もちろん、この仏法の「大我」は、組織や国家のなかに埋没《まいぼつ》させることではありません。人類普遍《ふへん》、生命の奥底《おうてい》の真の「大我」でなければならないことはいうまでもありません。したがって、いま日本の進路が問われているとは、日本人自身の生き方が問われ、模索《もさく》されているということでしょう。

マルロー この点について、会長があたえようとする忠告《ちゅうこく》がなんであるかを、うかがいたいと思います。今日ではすべての大国が、大なり小なり経験主義的な政策を取らざるをえなくなっています。つまり一つのものを探《さが》しながら、その経験を生かし、さらにつぎの一つをみつけていくというような行き方です。この経験主義的政策において根本的に重要なことは、なにが中心課題《かだい》かを知ることです。なぜかといえば、ドラマチックな文明にあっては、中心課題は画然《かくぜん》とあたえられているからです。キリスト教の最盛期《さいせいき》には、中心課題はローマでした。共産主義の中心課題は、マルクスではなくて党そのものです。これに反し、われわれのような場合にあっては、経験主義はまったく特殊《とくしゅ》なものといえます。つまり、たしかにすべての問題は経験してみなければわからないが、問題によって、その重要性、能力、発見性が同一ではないからです。

現時点では、もっとも重要なものは人間ということになりましょう。あなたの眼には、人間にとってなにがもっとも重要なものと映《うつ》りますか。

人間にとって最重要なもの

池田 先ほどもお話ししたように、人間そのものの生き方、その主体である人間自身の変革《へんかく》がどうすれば可能かということでしょう。文明のあり方が問われているということは、文明を生みだす人間のあり方が問われていることに他《ほか》ならないからです。

近代以後の文明は、人間のまわりにある環境《かんきょう》の変革に幸福の鍵《かぎ》を求めてきました。自然界を変革し、価値《かち》を生みだそうとしてきました。産業革命《かくめい》にしても、今日のテクノロジー革命にしても、外界の変革を求めたものです。一方で社会、体制を変革すれば人間の幸福がもたらされるという思想から、幾多《いくた》の社会革命も行《おこな》われてきました。

しかしこれら外界の変革のみを優先《ゆうせん》させ、人間自身の変革を無視《むし》した結果、欲望《よくぼう》や衝動《しょうどう》を野放しにしてしまいました。また体制の変革が優先し、逆に人間が疎外《そがい》される結果もきたしています。現在の物質的繁栄《はんえい》と対照《たいしょう》をなす精神の貧困《ひんこん》や、人間疎外という逆転現象《ぎやくてん》は、外界の変革《へんかく》のみでは、じゅうぶんではないことを明らかにしています。

たとえば一地域や一国の問題が、そのまま全地球的問題としてかかわってくる時代にあっては、自分だけというエゴは通用しません。他者の苦悩《くのう》を自己の痛《いた》みとして感じとり、行動していくという人格の確立《かくりつ》にしても、自己変革への不断《ふだん》の戦いがなければなりません。これ以外に現在の状況《じようきよう》を打破《だは》する道はないと思います。

かつて、あなたが「作家として私は、十年来、〈人間〉でなければ、いったい何に憑《つ》かれてきたのだろう」といわれたのをおぼえています。私は、生涯《しようがい》書きつづけるであろう小説『人間革命《かくめい》』の主題として、「一人の人間における偉大《いだい》な人間革命は、やがて一国の宿命の転換《てんかん》をも成《な》し遂《と》げ、さらに全人類の宿命の転換をも可能にする」という信念をつづりました。

人間の尊貴《そんき》さは、その無限《むげん》の可能性にあると信じ、そこにいっさいをかけ、それを規範《きはん》として行動していきたいと思います。

マルロー 期待しています。話は変わりますが、一つ申し上げたいことがあります。私が現在、重要視しているものに失業問題があります。私にはこれがすべての鍵《かぎ》をにぎっているように思えるのです。よく、どんなにひどい失業でも戦争ほど高くはつかない、戦争にくらべればまだましだ、といわれます。資本主義は戦争をささえていくこともできるし、失業を組織化することもできる。大きな失業問題が起こらなければ、革命《かくめい》も起こりませんし、逆についても同様でしょう。

池田 そのとおりでしょう。失業問題は社会不安を醸成《じょうせい》する第一のものです。ただし私は失業にたいして社会的な対策を講《こう》じることはもちろん必要ですが、社会政策の根底に不公平をなくし、エゴを乗りこえた理念の必要性を痛感《つうかん》しています。その意味で先ほど申し上げた人間の変革《へんかく》が、社会全体に、政策を立案し実行する側《がわ》にも、社会一人一人の構成員《こうせいいん》にも要求されていると思います。

マルロー 失業対策という面で技術的な問題がむろんありますが、しかしあなたのいわれることには、もちろん賛成です。

池田 実際には、そうとうむずかしい問題です。同時に、為政者《いせいしゃ》が民衆の側に立ってほんとうに考えうるかどうかがポイントでしょう。政治上の浪費《ろうひ》にしても、それを真に悪と感じる為政者《いせいしゃ》が多く出なければいけませんね。

マルロー　私は、政府は失業対策を、現在の社会保障《ほしよう》と同じように真剣《しんけん》に考えるべきだと思っています。

池田　まだまだ国家的な浪費《ろうひ》が多すぎます。たとえば日本における選挙のように、何百億もの金が使われている……。

マルロー　すべての民主主義国がそうでしょう。

池田　私はこれからの指導者に望まれる不可欠《ふかけつ》な条件は、自己を変革《へんかく》していけることであると考えています。

マルロー　政治家は、もう長くはつづかないでしょうね。五十年もしたら、いなくなってしまうでしょう。そうなったらなにが彼らの代わりになるのか、私には予測《よそく》はつきません。ただ、彼らに代わるものが、独裁者《どくさいしゃ》であるとだけは、いいたくありません。そのようなことは、決してあってはならない。そうならないよう、じゅうぶんに気をつけなければなりません。

池田　いまの指導者の少なからずは、民衆を尊《とうと》ぶといいながら、心の中では、ほんとうは蔑視《べっし》しているのではないか、との疑念《ぎねん》を捨てきれません。民衆を手段化するのではなく、民衆を目的として、あらゆる政策なり外交が行《おこな》われなければなりません。私は、民衆の望むものを犠牲《ぎせい》にしたり、民衆を見落とすことは「悪」であるとの思想が徹底《てってい》されなければならないと信じます。

それと一方では、民衆一人一人がみずからの意識をレベル・アップし、その力によってなしとげた社会変革《へんかく》、それは人間変革という沃野《よくや》に広がる田園ですが、その社会変革こそ、永遠の光をもつと考えます。なによりも民衆が目覚《めざ》め、この民衆の意識で権力《けんりょく》をコントロールして、その暴走《ぼうそう》を抑《おさ》えていく以外にないでしょう。

あなたは、政治家は遠からずいなくなるだろう、といわれました。それに代わるものはこうした民衆であるべきでしょう。これまでの歴史は、一つの体制の悪を打倒《だとう》しても、つぎの体制がまた悪を露呈《ろてい》していくという繰《く》り返しであったともいえます。新しい体制は、また新しい悪を生むというこの悪循環《あくじゅんかん》に終止符《しゅうしふ》を打つのは、体制がもつ権力に、積極的《せっきょくてき》な意味での歯止めをかける以外にない。それには、権力者自身の内に、そしてさらにすべての人間の内に、権力にたいする歯止めをもつことでしょう。

マルロー　たしかにそうでしょう。

池田　お別れの時間がきました。たいへん貴重《きちよう》な時間をさいていただき、ありがとうございました。

マルロー　（玄関まで見送り、前庭で）遠方からわざわざおいでいただき、こちらこそ感謝します。

（一九七五年五月十九日、パリ南部ヴェリエールにて）

訳者注

（5）　マルローもこの言葉に同意するであろう。現代は文学の時代ではない、と彼は考えているようである。最近著『ネオクリティック（新批評《しんひひよう》）』においてマルローは「ヒロシマ、ケネディ、ガンジーといったノン・フィクションの領域《りよういき》がますます盛《さか》んになるとともに、文学が衰退《すいたい》していく」ことと「伝記は文学の最後の尾骶骨《びていこつ》である」ことを指摘《してき》しているが、そういうマルロー自身、『アルテンブルクの胡桃《くるみ》の木』以降、文学的創作には二十年余りも筆を染《そ》めていなかった。その唯一《ゆいいつ》の例外ともいうべき作品が『冥界《めいかい》の鏡』であるが、これとても、その第一部が『アンチメモワール(反回想録)』と名づけられているように、いわゆる回想録の反対であり、また文学としての伝記的手法の反対であることを考えなければならない。なお、『ネオクリティック』を含《ふく》む『無常《むじよう》の人間と文学』が没後《ぼつご》、遺著《いちよ》として刊行されるに至《いた》ったことを付記しておく。

解説

蒼《あお》い地球の運命への問い
——不可知論《ふかちろん》と行動

竹本忠雄

〝ポスト・アポロ〟の私たちの時代——一九七〇年代は、ある奇妙《きみよう》な現実と夢想《むそう》の混交《こんこう》によって織《お》りなされている。ニーチェの戦慄的《せんりつてき》予言——「二十世紀は国家間戦争の時代となるであろう」——をふたたび想起《そうき》せずにいられないような、ある種のスーパー・ナショナリズムの台頭《たいとう》と、他面、汚染《おせん》・人口激発《げきはつ》・飢餓《きが》などの危機的《ききてき》諸条件の認識《にんしき》によって大同団結をせまられた人類諸国家の、国際主義という以上に、もはや地球主義《グローバリズム》としか呼びようのない包括的《ほうかつてき》ヴィジョンの発想。人間性の《悪》にたいしては一片《いっぺん》の変革《へんかく》を加えることについてさえ根本的無能を暴露《ばくろ》しながら、その反面、遺伝《いでん》決定因子《いんし》の染色体《せんしょくたい》の操作《そうさ》によって別生命の創造《そうぞう》さえも不可能ならずと見るにいたった《進歩》の神話。そうかと思えば、死にたいする形而上学的《けいじじょうがくてき》問いの余燼《よじん》が消え、かわってそれが〝寿命《じゅみょう》の延長〟と〝安楽死〟の問題に空中分解《ぶんかい》していくさまを見ながら、しかも、輪廻《りんね》をふくむ《彼岸《ひがん》》の問題のいっさいにたいして、いまや懐疑《かいぎ》主義というよりは不可知論《ふかちろん》の立場、つまり問題保留の立場を表明する地点にまでつれもどされた現代知識人の逡巡《しゅんじゅん》……。

こうして、いっさいは、根底から問いなおしの必要をおびてきたのである。国連から仏教にいたるまで。しかも、最大の対極《たいきょく》世界を代表するような人々の出会いをとおして。対極といえば先進国と途上国《とじょうこく》を意味する「南北」のパターンで考えるのが時流であろうけれど、ここでは、「東西」軸《じく》、ことに西欧《せいおう》と日本のそれであることが、すぐれて重要であろう。最大限に（東西文明の）《二カ国語性《ビランギスム》》を身につけ、現代文明の致死《ちし》条件を病むニッポンにして、はじめて、皮肉《ひにく》なことながら、トータルな観点での対話者の資格を得るからである。しかもそこに永遠なる東洋の声を代弁《だいべん》しうる一人者たるの資格がそなわっていなければならぬこと、いうまでもない。同様に、この場合、対話の相手となる西欧《せいおう》がわの人物の資格は、いわゆる「東洋通」ないし「東洋学者」であるということだけでは不十分であろう。そのような二カ国語性ではなく、「死をまえにして生を考える」《普遍的言語《イディオマ・ウニベルサル》》——ゴヤの言葉を借りるならば——の持ち主であることが根本第一義の条件とされるからである。

一九七四年五月十八日、そのようにして、二人の選ばれた対話者が、たがいに相手を選んで、最初の会談の時をもったのであった。すなわち、フランス政府特派《とくは》大使として来日したアンドレ・マルロー氏が、東京の創価学会本部に同会長・池田大作氏を訪《たず》ねたのである。池田会長が、はるばるフランスまで答礼の途《と》につき、パリ南郊ヴェリエールの里に、逆に、隠栖《いんせい》の〝行動作家〟を訪《おとな》うたのは、一年後の一九七五年五月十九日のことである。そのようにして、二人は、二回目の対談の時を得たのであった。心の通い路《かよじ》は開かれた。そしてこの小径をとおして重《かさ》なりあった東西の両半球は、かつてない風景を宙空《ちゅうくう》に透《す》かし見せていた。月の世界の兎《うさぎ》ではなく、瀕死《ひんし》の人間像のレリーフを霞《かす》ませた、はるかな、「蒼《あお》い」地球のイメージである。

東西文明の対話による《普遍的人間《ふへんてき》》の追求というだけの主題であるならば、仏師ナーガセーナとミリンダ王の問答からタゴールとロマン・ロランの出会いをへて、鈴木大拙《だいせつ》とK・G・ユングの交流にいたるまで、歴史上、重要な証言はかならずしも稀少《きしょう》としない。その数は増えるいっぽうであろう。しかし、人間への問いが歴史的実践《じっせん》の意志と結びついた東西間の対話ともなると、これは本書をもって嚆矢《こうし》とするのではなかろうか。「いかにすべきか？」は、ここでは歴史の地平において問われている。しかも「原爆戦《げんばくせん》は起こらないとはっきり断定できるのは三十年後のことまでであって、その後のことはわからない」（マルロー氏）というように、もっと端的《たんてき》にいえば、いいいいいいいいいいいいい失われた地平線の手まえにおいて問われているのである。そこに、本対話において、不世出《ふせいしゅつ》のこのフランス人天才《ジェニー》が、人間を語るときと行動を語るときとで語調《ごちょう》に変化を来《きた》す理由がひそんでいる。「あなたの眼からすれば人間にとってなにがいちばん重要ですか？」と池田会長に問うときのマルロー氏は、永遠なる東洋をまえにした質問者、古代ギリシアのあのミリンダ王の分身とも見えよう。しかし、《汚染《おせん》》という、「共通の敵《てき》」をもつことによって世界を結束《けっそく》させるべく創価学会がイニシアチヴをとるように、と薦《すす》めるときの氏の語調は、行動を提案すべく現《あらわ》れた人間のそれなのである。

そして、この態度に、仏法の実践者《じっせんしゃ》にして史上まれな教団の組織者である池田大作氏にたいしてマルロー氏が寄せる、なみひととおりならぬ信頼《しんらい》が窺《うかが》えるとともに、なぜこの出会いをもとうと彼が欲《ほっ》したか、その深い理由が隠《かく》されていると見なければなるまい。たんに語るためにマルロー氏は来たのではなかったからである。

注意しなければならぬ。歴史的行動をとるようにとマルロー氏はアドヴァイスしているのであって、政治的行動をとるようにと言っているのではないのである。「もう五十年もたてば政治家などというものはいなくなってしまうでしょう」との彼の一言は、ここにおいて雷の一撃《いちげき》を発する。創価学会会長・池田大作氏と公明党との関係は、マルローの眼からすれば、仏法の実践者・池田大作氏と歴史的世界との関係ほど重要ではないであろう。その理由は、アンドレ・マルロー氏が池田大作氏のうちに期待しているものは、ひっきょう——あるいは、おそらく——新しい形での《垂示者《すいじしゃ》》le Prédicateur と呼ばれるべきものにほかならないからだ。

対談の終わりごろで、前者が政治家消滅《しょうめつ》を語り、後者が「政治家に代わるべきものは民衆でしょう」と応ずるとき、マルロー氏の心中にあったものは、むしろこの垂示者といったことであろう。〝塩への行軍〟をなしとげたインドの《導師《グールー》》、また、西欧《せいおう》にあっては、ヴェズレーの丘《おか》より十字軍《じゅうじぐん》を送った一聖者のごとき。近くは、長征《ちょうせい》の毛《もう》沢東《たくとう》でさえも、マルローにとっては垂示者である。人類史には、《法（ないし真理）》が歴史とかかわりをもつ、めくるめく一点が存《そん》する。ほかの多くの人々が類型的《るいけいてき》に考えるように「宗教と科学との接点」という以上に、マルロー氏にとっては「真理と歴史との接点」のほうが緊要《きんよう》であり、そこにこそ、第三代創価学会会長にたいして氏が寄せる関心の中核《ちゅうかく》があると見られるのである。

このように突《つ》っこんでとらえずに、うわべだけで二人の話のやりとりを追っていくと、皮相《ひそう》な見かたに終わってしまう危険がじゅうぶんこの対話には蔵《ぞう》されている。たとえば、「禅《ぜん》と武士道《ぶしどう》」と語るマルローを貴族《きぞく》主義的ないし反平和主義的と臆測《おくそく》しうるように。また、軍縮《ぐんしゅく》会議のための話しあいの必要性について語る池田氏を理想主義的、「条約や協定は、結局たいして重要でない」と答えるマルロー氏を現実主義的と判断しうるように。核全廃《かくぜんぱい》を主張する池田会長の言葉をマルローはかならずしも理想主義的とは聞かなかったであろう。なぜなら政治の立場から見てこそユートピックと見えるのであって、それはマルローの観点ではないからだ。「広島・長崎の日本が核全廃にむかって世界の先駆《せんく》をきるのは歴史的使命」というように滔々《とうとう》と語る学会会長の言葉を、相手は、とくに首肯《しゅこう》することなく傾聴《けいちょう》するにとどまっている。フランスが核保有国だからではない。そのような《歴史的使命》を達成させるためにこそ、いかに垂示者《すいじしゃ》が民衆を引っぱっていくことが必要でしょう――と、マルローとしては言いたかったことと思われる。

『沈黙《ちんもく》の声』から『神々の変貌《へんぼう》』にいたるマルローの美術論そのものが、いかにこの核心《かくしん》のまわりに思索《しさく》の懸河《けんが》を織《お》りなしてきたことであろう。真理の立場よりすれば外観は虚飾《きよしよく》にすぎないとの観点――いっさいの宗教の根底そのものであるこの礎石《そせき》一個をはずしてしまえば、おそらくダ・ヴィンチ以後もっとも重要とみられるこれらの形而上学的反美《けいじじようがくてきはんび》学《がく》の全楼閣《ぜんろうかく》は崩壊《ほうかい》してしまうであろう。ということは、とりもなおさず、マルローの美術論、いや、おそらく文学そのものが、がんらい宗教にあって美術にはない、ある本質的問いより発想されたものであり、ここからして周辺の誤解《ごかい》・無理解のいっさいは生まれてきたということである。近著『仏法・西と東』において池田氏は「衆生《しゆじよう》の内なる生命が本体であるにもかかわらず、外なる仏像が本体になるのは転倒《てんとう》」と述べているが（「美術として見る場合はまったく別」と断《ことわ》りながら）、この見かたをマルロー氏は否定《ひてい》しないであろう。かつてパスカルの同様の見かたを否定しなかったとおなじように。宗教（というよりも信仰、そして信仰というよりも法）を選べば、〝造型《ぞうけい》〟は消える。だがもし、宗教を選ばないとなると？……

真理の一語をめぐって両人の出会いを見るとき、したがって信仰者と非信仰者との出会いというふうにそれを見るならば軽率《けいそつ》のそしりを免《まぬか》れないであろう。俗《ぞく》に、信ずる者は強し、という。では、「信じない」マルローは強くなかったであろうか？ 祖父をも父をも自殺によって失ったマルローである。最近著『冥界《めいかい》の鏡』においては、レジスタンスの一指揮官《しきかん》として独軍《どくぐん》の捕虜《ほりよ》となり、明日の死刑《しけい》を期して福音書《ふくいんしよ》を繙読《はんどく》しつつもなお「自分が《真理》から決定的に切り離《はな》されている」ことを再確認したマルローである。が、そのために、彼自身、自殺の道を選んだであろうか？

ここで私たちは、まったく未知《みち》の、不可知論《ふかちろん》と行動の関係の図式のうちに導《みちび》きいれられるのである。だが、ほんとうにまったく未知の？ たしかにパスカルの、《賭《か》け》の原理があるにはあった。『パンセ』の著者にとって、信仰は、信じられないながらも「神はある」とのほうに賭ける跳躍《ちようやく》の行為《こうい》であった。不可知論は行動を妨げなかったのである。ときには犠牲《ぎせい》にいたるほどの。そして旧約の大予言者から聖《せい》アウグスティヌスをへてマイスター・エクハルトにいたるまで、西欧《せいおう》の空は、このパスカルの《隠れたる神《デウス・アブスコンディトス》》をつつむ夜の神秘家《しんぴか》の思想によって、いかに閃々《せんせん》と貫《つらぬ》かれてきたことであろう。アンドレ・マルローも、神は不可知《ふかち》であるとするこれら神秘家の列に加えられることを拒否《きょひ》しないであろう——もし、かれにして、不可知のままについにこの神を容認《ようにん》しさえするならば。だが、彼にとって、ひっきょう「街々《まちまち》の十字架《じゅうじか》の告《つ》げ知らせる信仰」はないのである。しかも、「神はない」ことのほうに賭《か》ける行為《こうい》を選ぶということなく。彼は、ただ、人間の根源的《こんげんてき》《悪》にたいして対抗《たいこう》して出る行為に身を賭けるのみである。「不可知論者にとって悪魔《あくま》にたいする可能な定義はこうだ」とマルローは『空想美術館』で書いている。「すなわちそれは、人間のなかにあって人間を破壊《はかい》しようとするもののいっさいである」と。神はある、ということは疑《うたが》わしい。しかし、悪魔のほうは、確実に実在するのだ。戦慄《せんりつ》のスペイン画家ゴヤからマルローがただ一点選んだ絵は、人間を貪《むさぼ》り喰《く》う怪神《かいしん》サチュルヌの絵であり、そこに彼は《人間の条件》そのもののシンボルを見たのであった。行動は、したがって、神があろうとなかろうと、この条件そのものとの無限闘争《むげんとうそう》を意味する結果となる。

不可知論《ふかちろん》をめぐるマルロー＝池田両氏の対話において重要なことは、二人がその信ずるところにおいて出会わず、行《おこな》うところにおいて出会っているということである。彼岸《ひがん》の生を信ずるかとの学会会長の質問にたいして相手は、「不可知論は懐疑《かいぎ》ということではなく、イコール信仰と同様であって、死を考えることは不可能であるということの肯定《こうてい》です」と答えているが、これは私の胸《むね》に、マルローについて忘れえざるある手紙の一節を想い出させるものである。バングラデシュ義勇軍《ぎゆうぐん》を興《おこ》して長征《ちょうせい》する日を待ちつつあった時期のマルローに私が問い、彼が答えた往復書翰《しょかん》の一節は、つぎのようであった。

——不可知論《アグノスチシスム》の立場でありながらなおかつあなたに正義の行為《こうい》をとらしめるものはなにか？

——不可知論とはいえ、要するにそれは、信仰以上のものでもなければ信仰以下のものでもない。それに、私がある行動を選ぶとき、はたして私がその行動を選んだといえるだろうか、それとも行動が私を選んだといえるだろうか？

《行動》によって人間が別個のなにものかになりうることを信ずる立場の表明として、私はこれ以上の深い言葉を知らない。かつて日本において「行動主義」の名のもとに華々《はなばな》しく喧伝《けんでん》されたような「行動を信ずる」立場の表明ではない。「人間がかぎりなく人間をこえうることを信ずる」信仰告白《アクト・ド・フォア》なのだ。そして、どうしてそれが《人間革命《かくめい》》を標榜《ひょうぼう》する池田会長の信念と共通しないはずがあろうか？

同氏が最初マルローに魅《ひ》かれて接近したのは、やはりバングラデシュへの義挙《ぎきょ》がきっかけだったと聞く。行為《こうい》が人間を告《つ》げたのだ。そして世界じゅうのどれほど多くの人々、とくに若者が、この人間、万人に属《ぞく》する《人間》に感じて別のなにものかに成《な》っていったことか――私はその幾多《いくた》の例を知っているのである。

＊

ここまでくると、東西の対話、というふうに、もはや本書の意義を簡単《かんたん》に規定《きてい》することはできないであろう。「死後存続《そんぞく》を信じますか？」との前述の池田会長の問いは、西洋が東洋に発した問いであってもおかしくないであろうし、同様に、「あなたの眼には人間にとってなにが最重要と映《うつ》りますか？」とのマルローの問いは、東洋から西洋への問いであったほうがむしろ自然と思われるほどである。そして池田会長が、人間変革《へんかく》を語りながら同時に「現涅槃《げんねはん》」を信じ、マルローが人間を《変貌《メタモルフォーズ》》の運命のなかにあると信じつつ、しかも人間性の究極《きゅうきょく》の与件《よけん》とされる《サクレ（聖《せい》なるもの）》を信ずる立場にあると考えるとき、いよいよ「東西」の語をもって両人の対話を規定することは困難《こんなん》になってくるのである。東西の対話、あるいは信仰者と不可知《ふかち》論者《ろんしゃ》との対話という以上にこれは、明日の人類の運命そのものにたいする共通の問いではなかろうか？　ときに問いは共通に発せられていると思われるほどであり、要するに、《持続するもの》によって《持続せざるもの》が、永遠の立場によって私たちの世紀が、最後の形而上学的《けいじじょうがくてき》情熱によってテクノロジー文明が問われているのである。ただし、人間と歴史への変革の意志をうちに秘《ひ》めて。マルローは「人間形成」と言い、池田は「人間革命《かくめい》」という。「人間にとってなにが最重要ですか？」との問いに、愛・希望・永生《えいせい》……といった諸価値《しょかち》の語彙《ごい》をもって答えず、変革《へんかく》による価値創造《そうぞう》の必要性をもって答える対話者の言葉にマルローは注目《ちゅうもく》したことであろう。人間を変えずしてなにを変ええようか？　これは永遠なる宗教的命題《めいだい》であり、マルクス主義のアンチテーゼである。ところで重要なことは、史上空前の物質的解決をせまられた二十世紀末の人類にとって、この宗教的命題が歴史的命題——しかも緊急令《きんきゅうれい》の相をおびてきたということである。

「世界の人々をおおっている、いちばん深い諸問題は、じつは簡単《かんたん》な形をとって現《あらわ》れうるものです」との本対談中でのマルローの指摘《してき》は、このへんの情況《じょうきょう》を踏《ふ》まえた発言と見るとき、その意味がはっきりしてくることであろう。ローマ・クラブ以来——ということは「アポロ以後」というのとおなじ一九六九年後ということだが——世界の現実は《問題複合体《プロブレマチック》》として捉《とら》えられるにいたった。コンピューターによる問題解析《かいせき》能力との連動によって。東に飢饉《ききん》ありといえば西の食糧備蓄《びちく》を示し、南に旱魃《かんばつ》ありといえば北の備蓄を示唆《しさ》する、といったふうに。社会のイメージは地球のイメージとなり、グローバリズムの一語は人類の錦《にしき》の御旗《みはた》となった。しかし、いっぽう、人間は個人となり、さらに単位にな《い》りさがった。この単位が、核攻撃《かくこうげき》のボタンを押《お》すのである。人類史の最大のアイロニーは、最高度の複雑《ふくざつ》な問題を解《と》く能力を有しながら、単位より人間への簡単《かんたん》な復帰《ふっき》の図式を解く点において無力なことであり、ここに、「百年後の人類のために」進路の指針《ししん》を求める池田会長にむかって「人間の権利《けんり》=他者の権利」を教えることこそ最重要と説くマルローの言葉の真義《しんぎ》があると見なければなるまい。

国連は、世界人権宣言《じんけんせんげん》を発した国連もまた、この点において無力であろうか？　超《ちょう》大国間の確執《かくしつ》の問題になるというとこれを回避《かいひ》しようとするこの国際機関にたいして、マルローは根本的に不信であり、いっぽう創価学会は「国連を守る世界市民の会」の世界的組織化を呼びかけている。ガンジーの名を引きあいにしてマルローが池田氏に「もしあなたがその真理（《人間の権利《けんり》》即《そく》《他者の権利》）を説かれるならば、世界じゅうの人々があなたの創《つく》られた大学へやってくるでしょう」と語るとき、ほんとうの意味で危機《きき》救済に必要な方法と彼が考えるものは、現存の巨大《きょだい》な国際機関といったものとはもっと別物である、というふうな含《ふく》みをもっていたことかと思われる。

それはいったい、どのようなものか？　過去にモデルを求めることはマルローの本意ではあるまい。ただ、彼としては、確固《かっこ》たる方法論の実践化《じっせんか》といった意味でローマ・クラブの例などを注視《ちゅうし》してきたことは事実であろう。昨年、ネルー平和賞で得た金を基金の一部として投げだし、ある種の方法論インスティチュートをつくるようにとインドに示唆《しさ》したあたりにも、関心のありどころが窺《うかが》われよう。また、もちろん、文化大臣マルローが十年間にわたってフランスの国土に建設せしめた、まことにオリジナルにしてかつ普遍的価値《ふへんてきかち》をもった文化会館の例も想い出されてくる。『聖堂が白かったとき』の名著を遺《のこ》したル・コルビュジエも、これらの多角的《たかくてき》芸術活動の殿堂《でんどう》の建設者の一人であった。たとえ〝六八年五月《ソワサント・メ》〟の学生運動以後、変質《へんしつ》の憂《う》き目を見たとはいえ、意義としてなおこれらの会館《メゾン》は私たちをして顧《かえり》みさせるだけの値打《ねうち》をもっている。いまにして思えば、これらもまた、明確に《人間形成》を理念として打ちだした一個の方法論インスティチュートだったのである。

信頼《しんらい》し、来《きた》り、提案《ていあん》して、この西方の人は去《さ》っていった。学会会員の若い女性群が手に手にフランスの旗を振って〝モナ・リザ大使〟アンドレ・マルロー氏を本部に迎《むか》えたときの光景を、私は想い出す。歓迎陣《かんげいじん》に可憐《かれん》な女性ばかりが配されていたことから、なによりも〝レジスタンスの英雄《えいゆう》〟としてここではマルローは迎えられたという印象《いんしょう》が、そのとき私には強かった。通訳としてそのとき私は同坐《どうざ》し（本多真知子さんとともに）、かくも豊富《ほうふ》に流露《りゅうろ》する二人物間の思想の白熱球をさばくのに没念《ぼつねん》した。昼食を挟《はさ》んでの短時間に、あまりにも多くの話題を投じようとしたためであろう、池田会長はものすごい早口で、しかし朗々《ろうろう》と語りつづけ、祈禱文《きとうぶん》を読みあげるようなそのひたむきな気魄《きはく》に私は打たれた。一方、対するアンドレ・マルロー氏は淡々《たんたん》と、しかもあくまで真摯《しんし》に、ときに機関銃《きかんじゆう》のように打ちだされる質問を選別して、「だれでも避《さ》けることのできない死についてどうお考えですか？」と中途《ちゆうと》に挿入《そうにゆう》された質問にたいしては、軽くこれを制するように、「できればこの点については対談の最後にお答えしたい」と応じたのが印象的《いんしようてき》であった。

闔国《こうこく》の人去《さ》ってまた来《きた》らず……

しかも『碧巌録《へきがんろく》』とは違って、一期一会《いちごいちえ》は、こんどは池田会長のほうからフランスで、十七世紀の古風な館《やかた》の〝柴《しば》の戸〟を叩《たた》くというかたちで再会の欣《よろこ》びにかわった。これには私は立ち会う機会《きかい》を得なかったけれども。「ちょっと日本だろう？」――かつてそう言って邸前《やしきまえ》の藤《ふじ》の花房《はなぶさ》のまえにマルローはポーズしたことがあったが、きっとそのように、彼にとっての日本の象徴《しようちよう》のもとに立って遠来《えんらい》の客を迎《むか》えたにちがいないと、私は想像したことであった。あの、フランスの象徴をかざして、彼を創価学会本部の門口に迎えた乙女《おとめ》らの波のように……

付記　なお、本対談中に、アンドレ・マルロー氏より池田大作氏にたいして、海外での本書の出版権に関して絶対にそれを譲渡《じょうと》しないようにと要請《ようせい》があり、池田会長がそれを了承《りょうしょう》した旨《むね》をここに付記しておく。「もし、コピーライトはここに帰属《きぞく》するというふうにしますと、法的にはほかがまたそれを買えるわけですから、絶対的にほかに転載《てんさい》させないようにしていただきたい」との強い要請であった。

〔執筆者紹介〕
筑波《つくば》大学名誉教授、コレージュ・ド・フランス客員教授、国際美術評論家連盟会員、日本文芸家協会会員。
一九三二年（昭和七年）生まれ。東京教育大学大学院修士課程でフランス文学を修《おさ》め、六三年、フランス政府給費留学生としてパリ大学に学ぶ。滞仏《たいふつ》十一年、その間、フランス語による唯一《ゆいいつ》の日本人評論家として、「ル・モンド」「フィガロ」「ＮＲＦ」などに執筆《しっぴつ》、また講演家として定評《ていひょう》を得る。アンドレ・マルロー研究家として国際的に知られ、七四年来日したマルローに同行して、氏が皇太子《こうたいし》殿下《でんか》・妃《ひ》殿下へご進講《しんこう》したさいの通訳をつとめる。八八年、コレージュ・ド・フランス客員教授として招かれ、「アンドレ・マルローと那智《なち》の滝《たき》」のテーマで連続講義を行《おこな》い、絶賛《ぜつさん》を博し、パリ、ジュリヤール社より出版。九六年、マルローのパンテオン奉祝祭に「大証人」の資格で招待《しようたい》される。主著に『マルローとの対話』(人文書院)、主訳書にアンドレ・マルロー『反回想録』(新潮社)。八〇年にフランス政府より文芸騎士勲章《きしくんしよう》、八八年にコレージュ・ド・フランスより「王の教授」章を受賞。

注解

I 仏法と実践

頁

29 **人権宣言**《じんけんせんげん》　フランスの〈人および市民の権利《けんり》の宣言〉をさす。この宣言は、一七八九年七月十四日のフランス大革命《だいかくめい》（バスチーユ解放）後、憲法制定国民議会が同年八月二十六日に可決したもの。一七九一年に制定されたフランス憲法の第一番目に掲《かか》げられている。人間が生まれながら自由で平等であること、国家は人間の自由、財産、安全、圧制《あっせい》への抵抗《ていこう》などいわゆる自然権を保全するためにあること、主権は国民に存《そん》すること、法律は市民の参与《さんよ》によって作られるべきこと、身体の自由、言論の自由、宗教の自由、財産権の不可侵《ふかしん》などの原則を定めており、前文および十七カ条からなる。近代自由主義的国家・政治観を公式に表明した文書として、アメリカの独立宣言とともに広く知られる。

29 **フランス革命**《かくめい》　一七八九年から九九年にかけて、フランスに起こった典型的《てんけいてき》な市民革命。革命の原因としては、封建的《ほうけんてき》土地所有者と特権《とっけん》ブルジョアジーなど支配階級の無能、腐敗《ふはい》と政策の行きづまりが、分裂《ぶんれつ》と動揺《どうよう》をきたしたこと、新勢力（ブルジョアジー）が経済的・政治的に強力化し、啓蒙《けいもう》思想の普及《ふきゅう》によって思想的に開眼《かいげん》していったこと、下層《かそう》民衆や農民大衆の要求が強くなり、行動力が大きくなったことなどがあげられる。貴族層の王権への反抗《はんこう》とブルジョアジーの自覚を背景《はいけい》に、第三身分（平民）が構成《こうせい》した国民議会を、王は軍事力で抑圧《よくあつ》しようとしたので、パリ市民が蜂起《ほうき》してバスチーユ牢獄《ろうごく》を襲撃《しゅうげき》した。これが一七八九年七月十四日のことで、フランス革命《かくめい》の本格的な開始とされている。農民も蜂起した。その結果、立憲《りっけん》王政が確立《かくりつ》され、憲法制定議会は八月に封建制《ほうけんせい》の廃止《はいし》を宣言《せんげん》し、人権《じんけん》宣言を出した。しかし、外国の干渉《かんしょう》により対外戦争がはじまり、祖国《そこく》が危機《きき》におちいったため、人民はチュイルリー宮を襲撃して王権を停止《ていし》、ブルジョア共和制を樹立《じゅりつ》した。その後、政権を握《にぎ》ったモンタニャールは恐怖《きょうふ》政治をしいたので、テルミドール反動（一七九四年七月）が起こり、これ以後、ブルジョアジーの総裁政府は左右両派からつねに攻撃《こうげき》されて、結局ナポレオンの軍事的独裁《どくさい》にいたる。

[30]**ド・ゴール**（一八九〇年—一九七〇年）　シャルル。フランスの政治家で軍人。第一次世界大戦で捕虜《ほりょ》生活を経験。一九二一年ポーランド革命《かくめい》戦線から帰国して四〇年には国防次官に。第二次大戦中は、ドイツに対しフランスが降伏《こうふく》してからも徹底抗戦《てっていこうせん》してロンドンに亡命《ぼうめい》し、四

三年国民解放委員長兼国防委員会議長として、レジスタンス運動を指導した。四四年に帰国して臨時《りんじ》政府主席兼国防相兼軍司令官に。四七年から五三年にかけて「フランス国民連合」総裁をつとめた。一時、引退したが、五八年、アルジェリア暴動突発《ぼうどうとつぱつ》後、政界に復帰《ふっき》、同年六月首相となる。新憲法国民投票をへて、第五共和制を公布《こうふ》し、同年十二月大統領に就任《しゅうにん》した。六九年五月に辞任《じにん》するまで十年以上、大統領をつとめた。

[33] **クーデンホーフ＝カレルギー**（一八九四年―一九七二年）リヒァルト。オーストリアの思想家。ＥＣ（欧州《おうしゅう》共同体＝現在のＥＵ〈欧州連合〉の一部）の生みの親といわれる。東京・牛込《うしごめ》に生まれる。日本名は栄次郎《えいじろう》。父は、当時オーストリア・ハンガリー駐日代理公使であったハインリヒ・クーデンホーフ＝カレルギー伯《はく》。母は光子（旧姓青山）。三歳のとき、父の帰任《きにん》と共にオーストリアに行き、やがてウィーン大学で哲学《てつがく》・近代史を学ぶ。そののち、第一次世界大戦による惨状《さんじょう》に接して、汎《はん》ヨーロッパ主義を提唱《ていしょう》するようになり、以後、生涯《しょうがい》にわたってその実現のために活動した。一九六七年、七〇年の二度にわたって生国である日本を訪《おとず》れ、本書の対談者である池田ＳＧＩ（創価学会インタナショナル）会長とも対談を行《おこな》った（『文明・西と東』サンケイ新聞社）。主な著書等は『クーデンホーフ＝カレルギー全集』（鹿

島守之助訳編、鹿島研究所出版会）におさめられている。

37 ヴェルヌ（一八二八年―一九〇五年）ジュール。フランスの科学冒険《ぼうけん》小説家。一八六三年に空想科学小説のはしりともいうべき『気球に乗って五週間、発見の旅』を雑誌に発表し、冒険小説の新しい分野を開拓《かいたく》した。H・G・ウェルズの初期の科学小説にも大きな影響《えいきょう》を与え、SFの父ともいわれる。代表作の『八十日間世界一周』や『海底二万哩』は映画にもなった。『海底二万哩』では、潜水艦《せんすいかん》ノーチラス号が登場、潜水艦の発明に先がけたことで知られる。『二年間の学校休暇《きゅうか》』は、日本では『十五少年漂流記《ひょうりゅうき》』のタイトルで知られる。他に『地底旅行』『地球から月へ』など、多くの作品が翻訳《ほんやく》されている。

38 トルーマン（一八八四年―一九七二年）ハリー・S。第三十三代アメリカ大統領（在職一九四五年―五三年）。ミズーリ州に生まれる。第一次世界大戦に出征《しゅっせい》。一九三四年からは民主党に所属して上院議員をつとめた。四五年一月副大統領に就任《しゅうにん》し、四月、ルーズベルト大統領の急死にともない大統領の地位についた。第二次大戦中から戦後にかけて、国連憲章を議するサンフランシスコ会議、ポツダム会談、国内のインフレ対策などにたずさわる。対外政策としては、戦後の原子力管理問題やドイツ処理問題などでソ連と対立、トルーマン宣言《せんげん》やマーシャル・プランなどによって〈封《ふう》じ込め政策〉を行《おこな》った。さらに、北大西洋条約機構《きこう》(NATO)をつくり、朝鮮《ちようせん》戦争では韓国《かんこく》に武力援助《えんじよ》をするなど、対ソ強硬《きようこう》政策によって〈冷戦〉を展開した。

38 **スターリン**(一八七九―一九五三) ヨシフ・V。旧ソビエト連邦共産党書記長、首相、大元帥。グルジヤ人で、本名はジュガシヴィリ。グルジヤのチフリス近郊《きんこう》で靴屋《くつや》の息子に生まれ、神学校に学んだが、一八九六年社会民主党に入党し、党分裂《ぶんれつ》後はボリシェヴィキに参加。しばしばシベリアへ流刑《りゆうけい》になったが常に逃亡《とうぼう》し、一九一七年二度の革命《かくめい》に活躍《かつやく》して、二〇―二三年革命軍事会議委員、二二年党中央委員会書記長、コミンテルン中央執行《しつこう》委員となった。レーニン死後、トロツキー、ジノヴィエフ、カーメネフ、ブハーリン、ルイエフなどを排除《はいじよ》して党の独裁的主導権《どくさいてきしゆどうけん》を握《にぎ》った。彼の指導下で農・工業は大きな発展をとげたが、スターリン崇拝《すうはい》、権威《けんい》主義、教条《きようじよう》主義などの弊害《へいがい》を生じ、学問や芸術の正常な発展は阻害《そがい》された。そのため、死後スターリン批判《ひはん》の声がまきおこった。

41 **ケネディ**(一九一七年―六三年) ジョン・F。第三十五代アメリカ大統領(在職一九六一年―六三年)。マサチューセッツ州ブルックリンでカトリックの名門に生まれた。父は有数の銀行家、外交官。ハーバード大学を卒業し、一九四六年下院議員、五二年上院議員となり、六一年一月に四十三歳で大統領に就任《しゅうにん》した。「たいまつは新しい世代に引きつがれた。（中略）国が諸君のために何をなしうるか問うな。諸君が国のため、何をなしうるかを問え」との就任演説《えんぜつ》は有名。アメリカの威信回復《いしんかいふく》のために〈ニュー・フロンティア精神〉を提唱《ていしょう》し、政策に革新的《かくしんてき》なものをうたった。六二年のキューバ・ミサイル危機《きき》にさいして、海上封鎖《かいじょうふうさ》の強行《きょうこう》手段でフルシチョフ首相と交渉《こうしょう》、キューバからのソ連のミサイル撤去《てっきょ》に成功。六三年八月アメリカ、ソ連、イギリス三国間で部分的核《かく》実験停止《ていし》条約を締結《ていけつ》させたが、同年十一月遊説中にテキサス州ダラスで暗殺された。

42 **アスワン・ダム**　エジプト・アラブ共和国、上エジプト地方にある。ナイル川の水を調節して砂漠《さばく》を耕地《こうち》とする目的でつくられ、一九〇二年末に完成した。その後、一九〇七年、一二年、三三年に改善され拡張《かくちょう》されている。このダムを利用して電源を開発し、工業化を推進する計画も進められ、六一年からアスワン発電所が発電を開始。静かな保養地《ほようち》、観光地であったアスワンは大化学肥料工場の所在地《しょざいち》となった。また七一年初めには、アスワン・ダムの南方七キロメートルの地点に、アスワン・ハイ・ダムも完成した。これはソ連から四億ドルの借款《しゃっかん》と技術援助《えんじょ》をうけてつくられたもので、高さ一一一メートル、長さ五キロメートルの大多目的ダムである。上流にはナセル湖（八一年にハイ・ダム湖と改称）が出現し、年間一〇〇億キロワットにも達する電力を供給《きょうきゅう》している。

45 **トインビー**（一八八九年―一九七五年）アーノルド・J。イギリスの歴史家。ロンドンに生まれる。オックスフォード大学を卒業し、王立国際問題研究所研究部長、ロンドン大学教授、外務省調査部長などを歴任。大著《たいちょ》『歴史の研究』（全12巻）でユニークな文明論を展開し、二十世紀を代表する歴史家としての声価《せいか》を得た。ほかに『試練に立つ文明』『一歴史家の宗教観』など多数の著書がある。とくに一九七二年、七三年に約十日間、四十時間以上にわたった池田SGI会長との対談集『二十一世紀への対話』は、すでに二十四言語で出版されている。『池田大作全集』第3巻収録。

45 **デュボス**（一九〇一年―八二年）ルネ。フランスに生まれる。アメリカのロックフェラー大学医学研究所教授。医学的微《び》生物学者《せいぶつがくしゃ》として世界的に著名《ちょめい》。また、人間は遺伝《いでん》の資質《ししつ》とともに環境《かんきょう》全体の所産でもあるという立場から機械文明のなかで人間性を喪失《そうしつ》する危機《きき》を訴《うった》えている。一九七三年十一月に来日し、池田SGI会長と生命次元《じげん》での意見の交換《こうかん》を行《おこな》った。著書『細菌細胞《さいきんさいぼう》』(川喜田愛郎訳、岩波書店)、『人間と適応《てきおう》』(木原弘二訳、みすず書房)、『人間であるために』(一九六九年度ピュリツァー賞ノンフィクション部門の受賞作、野島徳吉・遠藤三喜子共訳、紀伊國屋書店)等。

[49] **世界食糧銀行** 世界の食糧の安全保障、配分機構《きこう》のセンターとして、具体的施策《しさく》を即座《そくざ》に実行する機関を設《もう》けようという構想《こうそう》で、これによって飢餓《きが》に悩《なや》む発展途上国《とじょうこく》に対し食糧を供《きょう》給《きゅう》配分しようというもの。池田SGI会長は早くからこの構想を提唱《ていしょう》していた。一九七四年の世界食糧会議でも議題となったが、池田SGI会長は同年十一月十七日の第三十七回本部総会における講演でこれにふれ、その基盤《きばん》となる理念・思想として「援助《えんじょ》の見返りを求めるのではなく、あらゆる国の、あらゆる人々の生存の権利《けんり》を回復《かいふく》するというものであり、あえていえば、人類の幸せと未来の存続《そんぞく》に賭《か》けるという『抜苦与楽《ばっくよらく》』の慈悲《じひ》の理念」が必要であり、その成否《せいひ》は「全世界の指導者たちが、自国の利害よりも飢餓に苦しむ人々の苦悩《くのう》をわが苦悩とし、その生命の痛《いた》みから、何をなすべきかという行為《こうい》へと移《うつ》るか否《いな》かにかかっている」と述べている。

[56] **ゴーリキー**(一八六八年—一九三六年) マクシム。ロシアの作家。本名アレクセイ・マクシモ

ヴィチ・ペシコフ。ニジニ・ノヴゴロドの家具職人の家に生まれる。自伝三部作『幼年《ようねん》時代』『人々の中』『私の大学』で前半生が詳《くわ》しく描《えが》かれている。一九〇五年、一七年の革命《かくめい》を中にはさむロシア史上最大の激動期《げきどうき》を生きた彼は、マルクス主義的世界観に立って、創作と革命を意識的に結びつけ、プロレタリア文学の父と称され、社会主義リアリズムの創始者《そうししゃ》とされる。『どん底』『母』などの作品は広く知られる。

59 **存在《ザイン》と当為《ゾルレン》**　存在（Sein）はなにかが〃ある〃ことを表《あらわ》し、当為（Sollen）は、〃まさに為《な》すべきこと〃をさす。カントはある目的の手段としての意味を持つ当為と、それ自体が目的となる当為を明確に分けた。後者は〃汝《なんじ》為すべし〃という無条件の命令で倫理《りんり》的側面《てきそくめん》をもち、必然が本質となる自然の法則と対立する。

61 **エクハルト**（一二六〇年頃—一三二七年頃）マイスター・J。ドイツの神学者。ケルンのドミニコ会神学大学で神学を学び、説教師として大衆にわかりやすい自国語で著作した。すべてのものは神のなかに神とともにあるとし、神と人との血縁上《けつえんじょう》の同質を説く。教会的封建的権《ほうけんてきけん》力《りょく》による精神の奴隷化《どれいか》（罪《つみ》の意識による脅迫《きょうはく》）に反対した点に無政府的個人主義の要素があるが、人間の内面の自由性を強調した態度は死後、異端《いたん》とみられた。その思想は新プラトン的汎神論《はんしんろん》の傾向《けいこう》が強く、先駆者《せんくしゃ》にはウルリッヒやディートリッヒがいた。

62 **フェニックス** 不死の霊鳥《れいちょう》とされる伝説上の鳥で、「不死鳥」と訳される。その故郷はインドともアラビアともいわれる。さまざまな言い伝えの中で、もっとも一般的なものはローマ時代の説で、フェニックスはたいへんな長命ののち、老いるとみずからを焼いて死に、その灰《はい》から生きかえるという。学者たちの解釈では、もとは毎日新しく生まれてくる太陽の「魂《たましい》」の鳥であり、きのう死んだ太陽から出てくることから、みずからを焼いて若々しく生まれかわるという信仰が生じたとされている。対談の中で、マルロー氏はフェニックスという言葉を、「蘇生《そせい》」というような意味に用いている。

64 **ガンジー**（一八六九年—一九四八年） モハンダス・カラムチャンド。インド建国の父。インド西部のポルバンダルで、ジャイナ教徒の家に生まれた。十八歳のときイギリスに留学して法律を学び、帰国して弁護士《べんごし》を開業したが、訴訟《そしょう》事件で南アフリカのダーバンに行き、在住インド人の地位と人間的権利《けんり》を保護《ほご》するために、人種差別反対闘争《とうそう》を組織するにいたった。ここで、アヒンサー（不殺生《ふせつしょう》）を中心とするガンジー主義をつくりあげ、また真理の把持《はじ》運動（サティヤーグラハ）を行《おこな》い、非暴力不服従《ひぼうりょくふふくじゅう》運動を展開した。それはのちにインドにおいて行《おこな》った反英《はんえい》独立闘争《とうそう》にもうけつがれた。一九一五年帰国したガンジーは、一九年から対英非協力運動を指導したが、それは暴力《ぼうりょく》によらずに、納税拒否《のうぜいきょひ》、就業拒否《しゅうぎょう》、商品不買《ふばい》などの非協力によって権力《けんりょく》に抵抗《ていこう》しようとするものであった。以後、生涯《しょうがい》にわたって反英独立闘争を指導し、何回となく投獄《とうごく》されたが、釈放《しゃくほう》されるとインド各地の行脚《あんぎゃ》をつづけた。四八年一月、イスラム教反対をとなえる極右派《きょくうは》の青年に射撃《しゃげき》されて生涯を閉《と》じた。文豪《ぶんごう》タゴールからマハトマ（大きな魂《たましい》＝大聖《たいせい》）と称《しょう》する詩を献《けん》ぜられたことから、マハトマ・ガンジーと呼びならわされている。

[65] **アインシュタイン**（一八七九年—一九五五年）アルベルト。アメリカの理論物理学者。南ドイツのウルムに生まれる。スイス、チューリヒのポリテクニクム（日本の工業大学にあたる）で電気工学を専攻《せんこう》しているうちに物理学研究に転身。卒業後は特許局技師《とっきょきょくぎし》の仕事の合間《あいま》に理論物理学の研究を行《おこな》い、一九〇五年光量子仮《こうりょうしか》説《せつ》、特殊相対性理《とくしゅそうたいせいり》論《ろん》、ブラウン運動の理論をつぎつぎに発表した。特殊相対性理論から帰《き》結《けつ》される物質・エネルギーの原理は、原子力解放の理論的根拠《こんきょ》となった。一六年一般相対性理論を完成。二一年にはノーベル物理学賞をうけた。三三年のはじめ、ナチ独裁《どくさい》政府によってユダヤ系学者としてドイツを追放され、アメリ

カのプリンストン高等研究所に迎《むか》えられた。若いころから戦争絶滅《ぜつめつ》を理想とする平和主義者として一貫《いっかん》した主張をつづけ、のちには世界政府論提唱者《ていしょうしゃ》の一人として活躍《かつやく》した。

67 **成住壊空《じょうじゅうえくう》、方便現涅槃《ほうべんげんねはん》** 「成住壊空」とは四劫《しこう》といい、宇宙・生命・その他いっさいのものが、その過程《かてい》をたどって流転《るてん》していくことを説いた言葉。たとえば地球などの天体が成立する期間は成劫《じょうこう》、その状態でつづいていく期間は住劫《じゅうこう》、三災《さんさい》（火災・風災《ふうさい》・水災《すいさい》）によって破壊《はかい》される期間は壊劫《えこう》、消滅《しょうめつ》してしまった期間は空劫《くうこう》となる。そしてまた次の成住壊空をくりかえしていく。この方軌《ほうき》を人間の一生にあてはめると、出生して成長する青少年時代は「成」、壮年《そうねん》時代は「住」、老年期が「壊」、死んで生命が宇宙の中にとけこんだ状態は「空」となる。しかし、日蓮大聖人の「観心本尊抄《かんじんのほんぞんしょう》」には「四劫を出《い》でたる常住《じょうじゅう》の浄土《じょうど》なり」（御書二四七㌻）等と、この成住壊空の流転をくりかえす生命の中に、常住にして不滅《ふめつ》の生命が、厳然《げんぜん》と存在することが説かれており、本文での池田ＳＧＩ会長の発言のように、生命の永遠性が、そこに説示《せつじ》されている。

また「方便現涅槃」は法華経如来寿量品《ほけきょうにょらいじゅりょうほん》第十六の文で「衆生《しゅじょう》を度《ど》せんが為《ため》の故《ゆえ》に　方便して涅槃を現ず　而《しか》も実には滅度《めつど》せず　常に此《ここ》に住して法を説く」（『妙法蓮華経並開結』）とあ

る。仏《ほとけ》は衆生《しゅじょう》を救わんがために、方便《ほうべん》して涅槃《ねはん》（死）を現ずるというのである。つまり、生命は永遠であり、本有常住《ほんぬじょうじゅう》であるが、仏は生死の理を示すために死を現ずるということを説いている。死とは生命の滅失《めっしつ》を意味するのではなく、つぎの新しい生のための方便だとされているのであり、これも生命の永遠性を明かしたものである。

69 **アショーカ**　生没年不詳。前三世紀、インド・マウリヤ王朝第三代の王（前二六八年―前二三三年頃）で、はじめて全インドを統一《とういつ》した。即位《そくい》の初期には各地への攻略《こうりゃく》があいつぎ、戦争にあけくれたが、東インドのカリンガ地方を征服《せいふく》したとき、戦争の悲惨《ひさん》さに目覚《めざ》め、前非を悔《く》いて仏教に帰依《きえ》したという。以後、アショーカ王は「法」による政治を理想として平和を尊《とうと》び、各種の社会事業・慈善《じぜん》事業を行《おこな》い、仏教を国内にひろめるだけでなく、広く近隣《きんりん》諸国へも使節等を派遣《はけん》した。これらの行為《こうい》によって、古代インドの理想的な帝王《ていおう》とされている。

71 **十字軍遠征《じゅうじぐんえんせい》**　一〇九六年から一二七〇年にわたって、西ヨーロッパのキリスト教徒が聖地《せいち》回《かい》復《ふく》の名の下《もと》に行《おこな》った大遠征。一〇九六年―九九年の第一次から、一二七〇年の第七次（第八次）におよんでいる。セルジューク・トルコが地中海東岸に進出して、エルサレム巡礼者《じゅんれいしゃ》に迫害《はくがい》をくわえたりしたため、ローマ法王ウルバヌス二世が一〇九五年フランスのクレルモンで宗教会議を催《もよお》し、十字軍遠征《じゅうじぐんえんせい》を決議させた。フランスが遠征を行《おこな》ったのは第一次、第二次(ルイ七世)、第三次(フィリップ二世)、第六次、第七次(ルイ九世)であるが、第一次のときエルサレムを占領《せんりょう》したのを除《のぞ》いては失敗に帰した。しかしこの遠征の結果、法王の権威《けんい》失墜《しっつい》、封建《ほうけん》貴族の没落《ぼつらく》、東西交易《こうえき》の促進《そくしん》、イスラム文化との交流などがおこり、中世社会の転《てん》換《かん》に大きな影響《えいきょう》を与えた。

II 人類と平和

79 **ショーロホフ**(一九〇五年—八四年) ミハイル・A。ロシア・ソ連の作家。ドン河沿いのヴョーシェンスカヤ村で生まれた。作品のほとんどすべてにわたってドン・コサックの生活を描《えが》いているが、彼自身はコサックの出ではない。短編『ほくろ』で一九二四年に文壇《ぶんだん》にデビュー。長編『静かなドン』は二八年に第一部を発表したが、第四部の完成まで十数年をついやした。これは民族の一大叙事詩《いちだいじょじし》ともいうべき大長編で、革命《かくめい》の歴史と階級闘争《とうそう》のきびしさを余《あま》すところなく伝えた、ソビエト文学最高の傑作《けっさく》とされている。第二の長編『開かれた処女地《しょじょち》』は、第一部が三二年に書かれてから、六〇年に第二部が完結するまで三十年ちかくかかっている。三二年以来の党員で、三七年最高会議代議員、三九年科学アカデミー会員に選出され、ソビエト文学界では別格《べっかく》に遇《ぐう》されていた。六五年ノーベル文学賞受賞。七四年、池田SGI会長と会談。

81 **コスイギン**（一九〇四年—八〇年）　アレクセイ・N。旧ソビエト連邦首相、共産党政治局員。ブレジネフ、ポドゴルヌイとともにトロイカ（三頭政権）の一人。入党は一九二七年。三五年にレニングラード繊維《せんい》大学を卒業。三八年レニングラード市長、翌年、織物工業人民委員に就任《しゅうにん》し、その後、軽工業関係の閣僚や副首相を歴任。六〇年第一副首相となり、六四年フルシチョフ失脚《しっきゃく》のあと首相に就任した。七四年、七五年の二度、池田SGI会長と会談。平和・文化・教育交流などで意見を交換《こうかん》した。

81 **ジスカール・デスタン**（一九二六年—　）　ヴァレリー。フランスの政治家。コブレンツ（独）の生まれ。理工科大学、国立行政学院を卒業し、はじめ大蔵省に入ったが、一九五六年に国民議会議員に当選、三年後には国務相となる。六二年にド・ゴール与党の新党である独立共和派を結成して、その総裁となった。ド・ゴール政権、ポンピドー政権を通じて長く蔵相をつとめたあと、七四年に大統領となり、国際経済危機《きき》の打開に尽力《じんりょく》。八八年からフランス民主連合議長となるが、九六年三月末にその座を失った。

82 **国際インター**　ふつうインターナショナルと呼ばれており、プロレタリアートの団結と解放のために結成された社会主義者の国際的組織。第一インターナショナルは一八六四年―七六年にかけての国際労働者協会で、マルクスは創立《そうりつ》そのものには関係しなかったが宣言《せんげん》と規約《きやく》を起草《きそう》した。第二インターナショナルは一八八九年―一九一四年にかけての国際社会主義者大会で、パリで結成されたが、やがて第三インターナショナルに圧倒《あっとう》された。第三インターナショナルは共産主義インターナショナル(コミンテルン)で、一九一九年―四三年、ボルシェビキを中心にレーニンらの指導でモスクワに三十カ国の共産党や左翼《さよく》社会主義者が集まって結成した。第四インターナショナルはコミンフォルムで、これは共産党および労働者党情報局の略。四七年に西側諸国の反共産主義的・反ソ連的な共同行動が強化されてきたため、コミンテルンにかわり、同年創立された。しかしスターリン死後、各国共産主義運動の活躍《かつやく》の統制《とうせい》が緩和《かんわ》され、平和共存《きょうぞん》が唱えられるようになって、五六年解散された。

86 **シアヌーク**（一九二二年—　）ノロドム。カンボジア国王。一九四一年カンボジア国王に即位《そくい》するや独立のために努力し、四九年に独立宣言《せんげん》、五三年には完全独立を果《は》たした。五五年に王位を父にゆずり、父王の死後は即位にかわり国家元首に就任《しゅうにん》。東西両陣営《りょうじんえい》から援助《えんじょ》をあおぎ、〝綱渡《つなわた》り外交〟によってベトナム戦争からも中立を保《たも》った。七〇年モスクワ訪問中に親米右派のクーデターによって追放され、以後は北京《ペキン》に滞在《たいざい》し、カプチア民族統一戦線《とういつせんせん》、カンボジア王国民族連合政府を樹立《じゅりつ》してプノンペン政権に対抗《たいこう》した。七五年四月、北京で池田SGI会長と会見。プノンペン陥落《かんらく》ののち、同年九月、五年ぶりに帰国。同国は七六年一月に民主国発足により王制と別れを告《つ》げた。九一年十月、カンボジア最高国民評議会議長に就任。九三年に総選挙が行《おこな》われ新生カンボジア王国が誕生《たんじょう》し国王に復位《ふくい》。

86 **ナショナリズム**　英語のネーション（nation）からきているが、ネーションが民族とも国民とも国家とも訳すことができるように、ナショナリズムも民族主義と訳されたり、国家主義と訳されたり、ときには国粋《こくすい》主義と訳されたりする。第二次世界大戦後のナショナリズムは、多くはアジア、アフリカなどに起こった独立運動としていわれ、植民地の解放に結びついている。その他にも帝国《ていこく》主義支配と結びついていわれたり、社会主義国によって主張される場合があったりして、その意味内容はそれぞれに異《こと》なっている。本文では、それほど明確な意味ではなく、ヨーロッパ大陸全体の利益よりも国家利益を優先《ゆうせん》する考えかた、というようなニュアンスで使われている。

87 **チャーチル**（一八七四年―一九六五年）ウインストン。イギリスの政治家。士官学校を卒業し、スペイン軍やスーダン遠征軍《えんせいぐん》に参加したあと、一九〇〇年に保守党から下院議員に当選し、のち自由党に転じて商相、内相、植民相を歴任。第一次大戦のときは海相だったが攻撃《こうげき》失敗の責任をとって辞職《じしょく》。戦後もいくつかの大臣を歴任して保守党に復帰《ふっき》した。第二次大戦直前に、ヒトラー・ドイツに対して防衛的強硬《きょうこう》政策を唱え、やがてその主張が認識《にんしき》されて四〇年首相となった。戦時中はルーズベルト、スターリンとともに戦争の最高政策を指導。四五年の総選挙では敗北したが、五一年ふたたび首相となり、同年サーの称号をうけた。五五年、党首をイーデンにゆずって辞任《じにん》した。『第二次大戦回顧録《かいころく》』で五三年ノーベル文学賞を受賞。画家としても著名《ちょめい》であった。

87 **ルーズベルト**（一八八二年―一九四五年）フランクリン・D。第三十二代アメリカ大統領（在職一九三三年―四五年）。ニュー・ディール政策を実行して、今日のアメリカを築《きず》いたもっとも偉大《いだい》な大統領の一人とされている。ニューヨークの名家の生まれ。ハーバード、コロンビア両大学で法律を学んで弁護士《べんごし》となり、民主党に入党。ニューヨーク州上院議員、海軍次官、ニューヨーク州知事をへて、一九三三年、世界恐慌《きょうこう》の最中に大統領となった。大統領に与えられた広範《こうはん》な権限《けんげん》をフルに活用し、国家が経済生活に介入《かいにゅう》して資本主義を修正・制約《せいやく》を加えるというニュー・ディール政策によって危機《きき》を脱出《だっしゅつ》させた。第二次世界大戦にさいしては、チャーチル、スターリンとともに全体主義打倒《だとう》のため民主主義陣営《じんえい》を指導したが、終戦をまたずに死去した。

87 **リシュリュー**（一五八五年―一六四二年）ルイ十三世時代のフランスの宰相《さいしょう》として、フランス絶対王政の基礎《きそ》を固めた。その性格は厳格《げんかく》で人を容《い》れず、現実的であったが、人間と事態《じたい》を見ぬく才能には非凡《ひぼん》なものがあり、国力を発展させる道は過《あやま》たなかったといわれる。国内的には秩序《ちつじょ》の回復《かいふく》をはかり、商業と植民に力を入れ、外交政策としてはドイツとスペインを弱体化するためにあらゆる手段を用いた。『政治的遺言《ゆいごん》』『メモワール』などの著書がある。フランセーズ・アカデミー（フランス学士院）の基礎を築《きず》いた。

88 **『資本論』**　カール・マルクス（一八一八年―一八八三年）の主著。科学的社会主義の理論的な基礎《きそ》づけをした書物として、数十カ国語に翻訳《ほんやく》され、共産主義・社会主義の運動の思想的な基盤《きばん》の役割を果《は》たした。第一巻を一八六七年（七二年に改訂版）に刊行したあと、続巻を完成せずにマルクスは没《ぼっ》したが、友人のフリードリヒ・エンゲルスがその遺稿《いこう》を整理して、一八九四年に全三巻四冊として完成した。その理論によれば、一方の側《がわ》における富《とみ》と資本の蓄積《ちくせき》は、他方の側における貧困《ひんこん》と窮乏《きゅうぼう》の蓄積をもたらす。これは資本の運動法則がもたらした必《ひつ》然《ぜん》の結果であり、ここに資本主義社会の根本矛盾《むじゅん》がある。この矛盾を解決するものは資本家階級ではなくて労働者階級である。だから労働者階級は資本家階級の蓄積した富と資本を奪《だっ》取《しゅ》して、これを人間解放のために使わなければならない、と論じている。

88『イエスの生涯《しょうがい》』 フランスの思想家、言語学者、宗教史家であったエルネスト・ルナン（一八二三年―九二年）の著《あらわ》したイエス伝で、一八六三年に発表された。実証《じっしょう》主義の観点から、聖書の誤謬《ごびゅう》、伝説、歴史的矛盾《むじゅん》を批判《ひはん》し、キリスト教を人間的事実として歴史的な角度から探究した大著《たいちょ》『キリスト教起源史《きげんし》』に含《ふく》まれている。これは二十五年間の周到《しゅうとう》な文献学的《ぶんけんがくてき》研究と聖書の実地調査によって、科学的宗教史研究として画期的《かっきてき》なものであった。とくに『イエスの生涯』は、イエスを教義的《きょうぎてき》解釈から解放して、科学的解釈を加えたものとして、国の内外に異常な反響《はんきょう》を呼びおこした。

88 **ニーチェ**（一八四四年―一九〇〇年）　フリードリヒ・W。ドイツの哲学者《てつがくしゃ》、詩人。ザクセンのリュッツェン近郊《きんこう》に生まれる。ボン大学に入学し、ライプチヒ大学に転じたが、在学中に二十五歳の若さでスイスのバーゼル大学に教授として招かれた。このころショーペンハウアーの深い影響《えいきょう》を受け、ワーグナーを崇拝《すうはい》し親交を結ぶ。処女作『音楽の精神からの悲劇《ひげき》の誕《たん》生《じょう》』は、文化類型としてのディオニュソス型とアポロン型をはじめて区別した書として知られる。時評家《じひょうか》としての才気《さいき》にみちた『反時代的考察』につづき、『人間的な、あまりに人間的な』を一八七九年に完成したが、このころから病気が重くなり大学の教職を辞した。八三年―八五年にかけて、アルプス山中で得た「永劫回帰《えいごうかいき》」の霊感《れいかん》をもとに『ツァラトゥストラはかく語りき』を書いたが、そこでは絶対否定《ひてい》をつきつめて絶対肯定《こうてい》の立場に達している。

88 **ダーウィン**（一八〇九年―八二年）　チャールズ・R。イギリスの博物学者、進化論者。エディンバラ大学の医学部を中退しケンブリッジ大学の神学部を卒業したあと、博物学者として海軍の測量船ビーグル号に乗り南半球を周航《しゅうこう》。その間の調査から生物進化を確信するにいたり、一八五八年、ウォーレスと連名の形で進化論の学説を発表した。五九年に『種の起《き》原《げん》』を刊行。キリスト教勢力などからは激《はげ》しい抗議《こうぎ》がなされたが応じなかった。『種の起原《きげん》』は、進化論史上最も重要な古典とされている。

89 **モンロー主義** アメリカ合衆国の伝統的《でんとうてき》な外交政策の一つで、第五代大統領モンローが一八二三年議会あての教書で宣明《せんめい》したことに始まる。非植民主義と非干渉《ひかんしょう》主義の二つの主張をもち、時代によって変遷《へんせん》してきているものの、要は〈アメリカ人のアメリカ〉を唱えるもので、建国以来の孤立《こりつ》主義を発展させたものといえる。

90 **ウィルソン**（一八五六年―一九二四年）ウッドロー。第二十八代アメリカ大統領（在職一九一三年―二一年）。バージニア州のスタントンに生まれる。プリンストン大学を卒業、一九〇二年、同大学の学長に就任《しゅうにん》。一〇年、民主党に推《お》されてニュージャージー州の知事に当選し、一三年に大統領になった。第一次世界大戦では、孤立《こりつ》主義者の激《はげ》しい反対にもかかわらず〈デモクラシーのための戦い〉を強く主張し、対独宣戦《たいどくせんせん》を行《おこな》ってアメリカを大戦に参加させた。独占《どくせん》資本が勢力を強めて、政治と結託《けったく》しはじめたころだっただけに、彼の進歩政策は多くの妨害《ぼうがい》をうけ、失意《しつい》のうちに死去したが、その理想はルーズベルトのニュー・ディール政策にうけつがれている。

104 プサイ　プサイ粒子《りゅうし》のことで、一九七四年十一月にスタンフォード線型加速器《かそくき》実験所で、また同時期にブルックヘブン国立研究所で、独立に発見された新素粒子《そりゅうし》。質量の異《こと》なる二種のプサイがあり、重さの割《わり》には寿命《じゅみょう》が非常に長く、これまでの素粒子論に当てはまらない。この発見は、新しい素粒子論をうち立てるかもしれないと言われている。

104 テレパシー　心霊《しんれい》研究や超心理学《ちょうしんりがく》などで用いられる術語《じゅつご》だが、空想科学小説（ＳＦ）でもさかんに使われており、思念《しねん》伝達とか遠感《えんかん》と訳されることもある。思念を、言葉や文書などの他の手段によらずに、直接相手の心に伝え、または相手の思念を感得《かんとく》する方法で、これまでにさまざまな実験がなされているが、まだ正式には明らかにされていない。ただ、古くからそうした心の働きはあるのではないかと考えられており、その存在を信じている人も多い。

114 世界食糧会議　一九七四年十一月、国連の主催により、国連加盟百三十カ国の代表が参加してローマで開かれた国際会議。会議の背景《はいけい》には七二年以降の世界食糧事情の逼迫《ひっぱく》があり、七三年に開かれた開発途上国《かいはつとじょうこく》の非同盟《ひどうめい》諸国会議が宣言《せんげん》の中で世界の食糧会議を提案《ていあん》、このあとの国連総会でも食糧会議の必要性が論じられたこと等が発端《ほったん》となっている。会議では、「飢《き》餓《が》及び栄養不良解消《かいしょう》に関する世界宣言」のほか、食糧生産の増強《ぞうきょう》、食糧の安全保障《ほしょう》強化、事後《じご》措置《そち》等について、二十項目の決議を採択《さいたく》。その後も第二回世界食糧理事会会合（七五年、ローマ）等何回かの会合が行《おこな》われ、九六年十一月には、国連食糧農業機関の主催で約百七十カ国の首脳《しゅのう》や閣僚が参加した世界食糧サミットをローマで開催。二〇一五年までに飢餓《きが》状態の人々を半減させるという目標が採択されたが、そのための取り組みは遅《おく》れがちで成果が待たれるところである。

Ⅲ 文学と行動

122『人間の運命』 ショーロホフ（ショーロホフの項参照）が、第二次世界大戦後の一九五六年に発表した短編。ナチスの収容所に捕《と》らえられた一兵士の運命を描《えが》きながら、戦争がいかに平和で幸福な個人の生活を破壊《はかい》し、人間の一生を残酷《ざんこく》にもてあそぶかを訴《うった》えている。

123『人間の条件』 本書の対談者アンドレ・マルローの代表作。主要登場人物は三人で、陳《チエン》は孤独感《こどくかん》にひたるテロリストとして、清《キヨ》は北京《ペキン》大学教授と日本人女性とのあいだに生まれたインテリとして、カトフは鉄の意志をもつ革命家《かくめいか》として描《えが》かれている。この三人を中心に、一九二七年の上海《シャンハイ》クーデターを背景《はいけい》として、革命《かくめい》に人生をかける人々の激《はげ》しい意志と行動や、共産主義に対する情熱、その中での愛と苦悩《くのう》が多角的《たかくてき》に描《えが》き出されている。

126**「モナ・リザ」**　レオナルド・ダ・ヴィンチ（ダ・ヴィンチの項参照）が、フィレンツェの富豪《ふごう》ジョコンドのために、その夫人エリザベッタを描いた肖像画《しょうぞうが》で「ラ・ジョコンダ」ともいう。モナとはイタリア語で夫のある婦人への敬称《けいしょう》、リザはエリザベッタの略称《りゃくしょう》。ルーヴル美術館にあり、板に油彩《ゆさい》で描かれている。その魅惑的《みわくてき》で神秘的《しんぴてき》な微笑《びしょう》は、これまでもさまざまな解釈がなされてきた。

126**「ミロのヴィーナス」**　ヴィーナスは「美しさ」「愛らしさ」をあらわす言葉で、古いイタリアの女神《めがみ》につけられた名称。のちにギリシャの神アフロディテと同視《どうし》され、その神話をうけついだ。いくつかのヴィーナス像のうち、とくに有名なのが「ミロのヴィーナス」で、一八二〇年にミロ（メロス）島で発見された。製作年代は前二世紀―前一世紀、つまりヘレニズム時代と推測《すいそく》されているが、前四世紀の作という説もある。パロス産大理石の彫像《ちょうぞう》で、気品の高い表情や優雅《ゆうが》な曲線をもっている。

126**ダ・ヴィンチ**（一四五二年―一五一九年）　レオナルド。イタリア・ルネサンスの代表的な美術家。科学者・技術家でもあり、〝万能《ばんのう》の天才〟といわれる。はじめフィレンツェでヴェロッキョの工房に入り、二十八歳で独立。「最後の晩餐《ばんさん》」「モナ・リザ」など多数の作品がある。科学の研究にも力を入れ、物理学・天文学・地理学・解剖学《かいぼうがく》・水理学・機械学・造兵学《ぞうへいがく》・土木学などの研究を示す手記や、人生論の草稿《そうこう》約五千枚が現存している。

127 **空想美術館** マルローの美術論の主題であり、不可知《ふかち》なるものへの最大限の接近の試《こころ》みの場とも解釈されよう。個々の人間の〈好《この》みの美術館〉とは違い、われわれが作品を選ぶというよりは作品がわれわれを選ぶといった、そして現代への最大の問いとしての作品アンサンブルである。マルロー自身は次のように書いている。「〈空想美術館〉は、われわれの記憶《きおく》のなかにしか存在しえないのであって、またルーヴルの延長というだけのものでもない。(中略)神々も聖人も、化して彫刻《ちょうこく》となりえたのであって、その意味で《変貌《へんぼう》》こそ、まことの〈空想美術館〉の魂《たましい》と称すべきものである」(『芸術新潮』一九七五年四月号所収、「ピカソ回想」竹本忠雄訳)

130 **シンメトリック** シンメトリーともいう。美的形式原理の一つであり、対象構成《こうせい》における中央の垂直軸《すいちょくじく》によって区画される左右の二部分が、位置や形状において相照応《あいしょうおう》する関係をいう。

[132] **レーニン**（一八七〇年―一九二四年） ウラジミール・I。ロシア・ソ連の革命家《かくめいか》、政治家で、ソビエト社会主義革命を達成した。レーニンはペンネームで、本姓はウリヤノフ。早くから社会改革《かいかく》に関心をもち、カザン大学在学中に学生運動のかどで退学《たいがく》と追放を強《し》いられた。入《にゅう》獄《ごく》、流刑《りゅうけい》、亡命《ぼうめい》の生活を送ったあと、一九一七年の十月革命を指導し、ソビエト政権確立《かくりつ》の翌日、首相にあたる人民委員会議議長に選出され、死ぬまでその職にあった。社会主義運動史上における最大の実践家《じっせんか》であるとともに、もっともすぐれた理論家の一人でもあり、『唯《ゆい》物論《ぶつろん》と経験批判論《ひはんろん》』『国家と革命』など多くの著作がある。

[136] **四門出遊《しもんしゅつゆう》** 四門遊観《ゆうかん》ともいわれ、四門とは四方の門、遊観とは遊び歩いて見物すること。仏教に説かれる。釈尊《しゃくそん》が悉達太子《しったたいし》であったとき、宮城《きゅうじょう》の東門から出遊して老人を見て、生あれば老あることを悟《さと》った。南門から出遊して病人に逢《あ》い、生あれば病あるを知った。西門から出遊して一死人に逢って、生あれば死あるを知った。さらに北門から出遊して端然《たんぜん》として威儀具足《いぎぐそく》した沙門《しゃもん》（出家者《しゅっけしゃ》）に逢い、その姿《すがた》も心も清浄《せいじょう》であるのを見て出家得道《とくどう》の望みを起こした。このようにして人身に生老病死の四苦があることを知り、憂悩《ゆうのう》したと、その因縁《いんねん》を

説いている。

137 **安楽死** 治《なお》る見込みのない患者《かんじゃ》を、苦痛《くつう》から解放するために、人為的《じんいてき》に死にいたらしめること。これは世界観につながる問題でもあり、仏教やキリスト教では厳《きび》しく否定《ひてい》している。ただ、延命医療《えんめいいりょう》技術の発達とともに、生きつづけることが苦悩《くのう》をつづけるだけという患者の数がふえてきており、これが社会的にも大きな問題となっている。それは、患者や家族の要請《ようせい》で、死期の近い患者から生命維持《いじ》装置《そうち》を外す権利《けんり》を認《みと》める「死ぬ権利」の問題も提起《ていき》している。

139 **シャルトルのカテドラル** フランス中北部のシャルトルにある聖堂で、ゴシック式大聖堂の代表的なものとして知られる。十二―十三世紀に改修《かいしゅう》されたが、その当時のステンド・グラスや多くの彫像《ちょうぞう》が保存されており、中世大聖堂の景観《けいかん》をよく伝えている。聖母マリアの会堂（ノートル・ダム）として尊重《そんちょう》され、その〝御《お》下着《しもぎ》〟があることから多くの巡礼者《じゅんれいしゃ》を集めている。カテドラルは、聖堂のうちの主聖堂、司教座のある聖堂のことで、これを大聖堂ととくに呼んでいる。

139 **パリのノートル・ダム寺院** ノートル・ダムとは聖母マリアのことで、十二―十三世紀に聖母崇拝《すうはい》が盛《さか》んになり、各地にノートル・ダムにささげる教会堂が建てられた。シャルトルの大聖堂のほか、パリ、ラン、ランス、アミアンなどにもある。パリのノートル・ダム（ノートル・ダム・ド・パリ）はそれらのうちでもとくに有名で、ゴシック建築の最高傑作《けっさく》とされている。現在の教会堂の工事が始まったのは一一六三年だが、何段階かの工事をへて最後の塔《とう》が完成したのは一二三五年。一二四〇年ころ起こった火災以後、大幅《おおはば》に改造《かいぞう》・増設《ぞうせつ》された。

139 **プラトン**（前四二七年―前三四七年）古代ギリシャの哲学者《てつがくしゃ》。ソクラテスの弟子。組織的な教育機関としてのアカデメイアを創設《そうせつ》した。『ソクラテスの弁明《べんめい》』をはじめ、ソクラテスの言動を記述《きじゅつ》した著作によって、ソクラテスの思想を後世に伝えるために尽力《じんりょく》した。彼のイデア論によると、すべてのものは、その原型たる実在、すなわちイデアに関与《かんよ》することによって本質を獲得《かくとく》する。もろもろの美しいものは、美そのものたる美のイデアによって美しいというのである。このイデアの認識《にんしき》は経験的でなく理性的になされ、根本的には不死の魂《たましい》があって、それによって想起《そうき》されることによるという。プラトンにおいて魂の永遠が説かれるのは想起説に関連してである。

139 **ソクラテス**（前四七〇年―前三九九年）古代ギリシャの哲学者《てつがくしゃ》。観念論《かんねんろん》哲学の始祖《しそ》とされる。

その言行についてはプラトンなどの門弟たちの著作を通して知られる。彼の哲学《てつがく》は、行為《こうい》の原因を魂《たましい》にみて、魂の良さ（徳《とく》）についての知を探究した。その知は、愛求することによって各自の内に自覚されるものであり、無知の自覚がその出発点となる。探究の方法は問答法であり、徳の「何であるか」（本質的概念規定《がいねんきてい》）が獲得《かくとく》されるまで問答がすすめられるのだが、しばしば相手を困惑《こんわく》におちいらせるので、イロニー（皮肉《ひにく》）といわれた。また問答法は各自の内から知を引きだすので産婆術《さんばじゅつ》ともよばれた。

140 **アクロポリス**　アテナイ、プリエネなど古代ギリシャの都市国家（ポリス）の多くは中心市街やその背後《はいご》に、要害堅固《ようがいけんご》の丘《おか》をもっていた。この丘がアクロポリスで、アクロとは「高い」という意味である。もともとは丘そのものがポリスと呼ばれていたが、これを中心に都市国家が成立し、それがポリスと呼ばれるようになったため、丘のほうにはアクロをつけて区別したとされている。

142 **コンチネンタリズム**　ヨーロッパの大陸的思想傾向《けいこう》。

〈対談者略歴〉

アンドレ・マルロー（André Malraux）

一九〇一年、パリに生まれる。二三年、インドシナの文化財発掘調査に従事。第二次世界大戦の時は対独抵抗運動を指導。戦後はフランスの情報相、文化相を歴任。主著に『人間の条件』など。一九七六年没。

聖教ワイド文庫――007

人間革命と人間の条件

発行日　二〇〇二年十月十二日

著　者　池田大作
　　　　A・マルロー

発行者　松岡　資

発行所　聖教新聞社

〒一六〇-八〇七〇　東京都新宿区信濃町一八

電話〇三―三三五三―六一一一（大代表）

振替口座　〇〇一五〇―四―七九四〇七

＊

印刷・製本　大日本印刷株式会社

聖教ワイド文庫発刊にあたって

一つの世紀を超え、人類は今、新しい世紀の第一歩を踏み出した。これからの百年、いや千年の未来を遠望すれば、今ここに刻まれた一歩のもつ意義は極めて大きい。

戦火に血塗られ、「戦争の世紀」と言われた二十世紀は、多くの教訓を残した。また、物質的な豊かさが人間精神を荒廃に追い込み、あるいは文明の名における環境破壊をはじめ幾多の地球的規模の難問を次々と顕在化させたのも、この二十世紀であった。いずれも人類の存続を脅かす、未曾有の危機的経験であった。言うなれば、そうした歴史の厳しい挑戦を受けて、新しい世紀は第一歩を踏み出したのである。

この新世紀の開幕の本年、人間の機関紙として不断の歩みを続けてきた聖教新聞は創刊五十周年を迎えた。そして、その発展のなかで誕生した聖教文庫は一九七一年(昭和四十六年)四月に第一冊を発行して以来三十年、東洋の英知の結晶である仏教の精神を現代に蘇らせることを主な編集方針として、二百冊を超える良書を世に送り出してきた。

そこで、こうした歴史の節目に当たり、聖教文庫は装いを一新し、聖教ワイド文庫として新出発を期すことになった。今回、新たに発行する聖教ワイド文庫は、従来の文庫本の特性をさらに生かし、より親しみやすく、より読みやすくするために、活字を大きくすることにした。

昨今、情報伝達技術の進歩には、眼を見張るものがある。「IT革命」と称されるように、それはまさに革命的変化で、大量の情報が瞬時に、それも世界同時的に発・受信が可能となった。こうした技術の進歩は、人類相互の知的欲求を満たすうえでも、今後ますます大きな意味をもってくるだろう。しかし同時に、「書物を読む」という人間の精神や人格を高める知的営為の醍醐味には計り知れないものがあり、情報伝達の手段が多様化すればするほど、その需要性は顕著に意識されてくると思われる。

聖教ワイド文庫は、そうした精神の糧となる良書を収録し、人類が直面する困難の真っ只中にあって、正しく、かつ持続的に思索し、「人間主義の世紀」の潮流を拓いていこうとする同時代人へ、勇気と希望の贈り物を提供し続けることを、永遠の事業として取り組んでいきたい。

二〇〇一年十一月

聖教新聞社